四部要籍選刊·集部

蔣鵬翔 主編

元文類

八

〔元〕蘇天爵 編

浙江大學出版社

卷四十七

策問

啓

上梁文

卷四十八

祝文

祭文

哀辭

謚議

卷四十九

行狀

卷五十

行狀

卷五十一

墓誌

元文類卷之四十五

趙郡蘇天爵伯脩父編次

元　太原王守誠君實父挍訂

雜著

故物著　元好問

予家所藏書宋元祐以前物也法書則唐人筆迹及五代寫本爲多畫有李范許郭諸人高品就中薛稷六鶴最爲超絶先大夫銅山府君官汲縣時官賣宣和内府物也銅𥓓兩小山以酒沃之青翠可摘府君

部役時物也風字大硯先東巖君教授鄉里時物也銅雀研皆有大錢一天祿一堅重緻密與石無異先隴城府君官冀州時物也貞祐丙子之兵藏書壁間得存兵退予將奉先夫人南渡河舉而付之太原親舊家自餘雜書及先人手寫春秋三史莊子文選等尚千餘冊并畫百軸載二鹿車自隨三研則瘞之鄭村別墅是歲寓居三鄉十月北兵破潼關避于女几之三潭比下山則焚蕩之餘蓋無幾矣今此數物多予南州所得或向時之遺也往在鄉里常侍諸父及

兩兄燕談每及家所有書則必校舉而問之如曰其書買于某處所傳之何人藏之者幾何年則欣然志之今雖散之其綴緝裝褶籤題印識猶夢寐見之詩有之維桑與梓必恭敬止以予心忖度之知吾子孫却後當以不知吾今日之爲恨也或曰物之閱人多矣世之人玩于物而反爲物所玩貪多務取巧偷豪奪遺簪敗履惻然與懷者皆是也李文饒志平泉草木有後世毀一樹一石非吾子孫之語歐陽公至以庸愚處之至于法書名畫若桓玄之愛玩王涯之固

護非不爲數百年計然不旋踵已爲大有力者負之而趨我躬之不可必矣我後之卹哉予以爲不然三代鼎鍾其初出于聖人之制令其欵誠故在不曰永用享則曰子子孫孫永寶用豈爲聖人者超然遠覽而不能忘情于一物耶抑知其不能必爲我有而固欲必之也葢自莊周列禦寇之說遊世之誕者遂以天地爲逆旅形骸爲外物雖聖哲之能事有不滿一笑者況外物之外者乎雖然彼固有方内外之辨矣道不同不相爲謀使渠果能寒而忘衣饑而忘食以

游于方之外雖眇萬物而空之猶有託焉爾如曰不然則備物以致用守器以爲智惟得之有道傳之無媿斯可矣亦何必卽空以遣累矯情以趨達以取異于世耶乃作故物譜

辯遼宋金正統

脩端

歲在甲午九月望日東原諸友會于孫侯之第語及前朝得失之事坐客問云金有中原百餘年將來國史何如或曰自唐巳降五代相承宋受周禪雖靖康間二帝蒙塵緣江淮以南趙氏不絕金于宋史中亦

猶劉石符姚一載記爾衆頗惑焉愚曰正閏之論端
雖不敏請以本末言之夫耶律氏自唐以來世爲名
族延及唐末朱温篡唐四方幅裂遼太祖阿保機乘
時而起服高麗諸國并燕雲以北數千里與朱梁同
年即位是歲丁卯至丙子建元神冊在位二十年其
子德光嗣位是歲丁亥唐明宗天成二年也德光後
號太宗當天顯十一年河東節度使石敬塘爲清泰
帝來伐遣使求救于遼奉表稱臣仍以父禮事之太
宗赴援因以滅唐石氏稱晉遂以燕雲十六州獻于

遼仍歲貢帛三十萬疋天福七年晉高祖殂出帝嗣位大臣議奉表稱臣告哀于遼景延廣請致書稱孫而不稱臣與遼抗衡太宗舉兵南下會同九年入汴以出帝爲負義侯遷黄龍府石晉遂滅大同元年太宗北還仍以蕭幹留守河南劉知遠在河東乘間而發由太原入汴自尊爲帝及乎宋受周禪有中原一百六十餘年遼爲北朝世數如之雖遼之封域褊于宋校其兵力而澶淵之戰宋幾不守因而割地連和歲貢銀絹二十萬兩疋約爲兄弟仍以世序昭穆降

及晚年遼爲翁宋爲孫及至天祚金太祖舉兵平遼克宋奄有中原三分之二子孫帝王坐受四方朝貢百有餘年今以劉石等比之愚故不可不辯也夫劉淵石勒皆晉之臣厎叛亂國家以臣伐君縱能盜據一隅僭至姚泓終爲晉將劉裕所虜斬建康市茲作載記理當然也完顏氏世爲君長保有肅愼至太祖跨南北皆爲敵國素非君臣若如或者所言金爲載記未審遼史復如何爾方遼太祖神册之際宋太祖未生遼祖比宋前興五十餘年已卽帝位固難降就

五千年之後包于宋史爲載記其世數相懸名分顛倒斷無此法旣遼之世際宋不可燕則金有中原凡難別議以公論處之據五代相因徐莊宗入汴復雠伐罪理勢可觀外朱梁簒逆甚于王莽石晉因遼有國終爲遼所虜劉漢自立父子四年郭周廢湘陰公而立以五代之君通作南史内朱梁名分猶恐未應遼自唐末保有北方又非簒奪復承晉統加之世數名位遠兼五季與前宋相次而終當爲北史宋太祖受周禪平江南收西蜀白溝迤南悉臣于宋傳至靖

康當爲宋史金太祖破遼克宋帝有中原百餘年當爲地史自建炎之後中國非宋所有宜爲南宋史或曰歐陽氏宋之名儒也立定五代不云南史當時想曾熟議奈何今復有此論乎愚曰歐陽氏作史之時遼方金盛豈不知梁晉漢周授受之由故列五代者欲膺周禪以尊本朝勢使然爾及作十國世家獨曰周漢之事可謂難矣歐陽公之爲是言厥有旨哉愚讀李屏山詠史時詠五代郭周云不負先君持節死舉朝唯有一韓通葢嘗驚哀此詩命意宋自建隆以

來名士大夫論議篇什不爲不多未嘗一語及此非不能道也葢諱之說也故列五代者艮可知矣隋李文中子作元經至晉宋巳後正統在中原而後大唐南北一統後至五代天下紛擾無由再議降及今日時移事改商確前人隱約之迹當從公論或者又曰金有中原雖百餘年宋自建隆于今幾三百年况乎今年春正月攻陷蔡城宋復其讎固可以兼金矣愚曰元魏齊梁世數巳逺恐諸公不以爲然請以五代周漢之事方之漢隱帝乾祐三年遇殺太后詔立河

東節度使旻之子贇尋廢爲湘陰公旻遂卽帝位于晉陽終旻之世猶稱乾祐旻係劉高祖母弟其子承鈞孫繼恩繼元皆相繼立凡二十八年宋太宗太平興國四年始滅之夫東漢四主遠兼郭周則郭亦不當稱周固當爲閏宋太祖不當曰受周禪傳至太宗方稱東漢之後歐陽不合作五代史合作四代史司馬光通鑑當列東漢爲世紀歐陽不宜作十國世家嗚呼國家正閏固有定論不圖今日輕易褒貶在周則爲正在金則爲閏天下公論果如是乎況蔡城之

亡益大朝征伐之力宋之邊將專權率意自撒藩籬抉斯須之忿昧唇齒之理延引强兵深入遵徽宗之履轍媒孽後禍取笑萬世何復讎之有宋自靖康已來稱臣姪走玉帛歲時朝貢幾于百年豈期今日私論遽稱尊大復如是乎金泰和間南宋寒盟起無名之師侵漁唐鄧宿泗章宗分遣應兵其淮漢川蜀之間大爲所破宋遣臣方信孺等卑辭告和請叔爲伯進增歲弊獻臣韓侂胄之首至于闕下是時中原連年蝗旱五穀不登山東尤甚章廟深用自責毋以偃

兵息民爲念嘗詔百官議曰朕聞海陵有言我國家雖受四方朝貢宋猶假息江左亦天下兩家耶故有親征之行去歲宋人兵起無名搖蕩我邊圖今已敗衂哀懇告和朕思海陵之言宜如何爾時臣下有希意者進曰向者靖康間宋祚已衰其游魂餘魄今雖據江左正猶昭烈之在蜀不能紹漢氏之遺統明矣于是宋金和議遂定此乃當時繼好息民之大略非後世正閏之定論也夫昭烈之于漢雖云中山靖王之後其族屬疏遠不能紀錄高宗乃徽宗之子奄有

江南似與昭烈頗異若以金史專依泰和朝議爲承宋統或從今日所論包爲載記二者俱非公論也或者又曰遼之有國僻居燕雲法度不一似難以元魏北齊爲比愚曰以此言之膚淺尤甚若以居中土者爲正則劉石慕容苻姚赫連所得之土皆五帝三王之舊都也若以有道者爲正苻秦之量雄材英略信任不疑朱梁行事簒奪内亂不得其死二者方之統孰得焉夫授受相承之理難以此責況乎泰和初朝廷先有此論故選官置院刱脩遼史後因南宋獻馘

告和臣下奏言靖康間宋祚已絕當承宋統上乃罷脩遼史緣此中州士大夫間不知遼金之興本末各異向使遼史早成天下自有定論何待余言坐客僤然曰數百年隱顯之由何其悉也幸請書之以備它日史官採摭云爾

讀藥書漫記 二條　　劉因

人稟是氣以爲五臟百骸之身者形實相孚而氣亦流通其聲色氣味之接乎人之口鼻耳目者雖若泛然然其在我而同其類者固已昭焉而相合異其類

者固已彿然而相戾雖其人之身亦不得而自知也如飲藥者以枯木腐骨蕩爲虀粉相錯合以飲之而亦各隨其氣類而之焉蓋其原一也故先儒爲酸木味木根立地中似骨故骨以酸養之金味辛金之纏合異物似筋故筋以辛養之鹹水也似脉苦火也似氣甘土也似肉其形固已與類矣而其氣安得不與之流也推而言之其吉凶之于善惡亦類也

天生此一世人而一世事固能辨也蓋亦足乎已而無待于外也嶺南多毒而有金蛇白藥以治毒湖南

多氣而有蕒橘茱萸以治氣魚鼈螺蜆治濕氣而生于水麝香羚羊治石毒而生于山葢不能有以勝彼之氣則不能生于其氣之中而物之與是氣俱生者夫固必使有用于是氣也猶朱子謂天將降亂必生弭亂之人人以擬其後以此觀之世固無無用之人人固無不可處之世也

七觀　　　　袁桷

翰林先生納榮息機白玉之堂將歸乎麻源之山房越公孫懷牘濡穎託物喻志考圖審曲若鑑之納視

言忘而意消類別而理備有郢大夫癯然褐衣目不接乎黼黻耳無聞于律呂囅而言曰登高能賦淫曼荒忽智專者魂强形滯者物逐昔吳州來觀詩東魯言有度徵有據厲階于枚生濫觴于曹王先生楚産也雲夢汙漫巫峽巑岏胸藏腸蟠公孫不足以教我先生殺青南山積簡羽稜若網有綱若墨有繩舉凡暢微我其聆諸

越公孫曰太素烟熅清濁奠儀雨風露雷動植攸孳辨方審良民用不疵六氣以沴日夭其世彼諄諄者

皇曰汝命實長厥土燥剛相其溫凉我生命在天順以受年巖居谷餘中道以隕執書以觀有涕洟瀾陑彭鏗之逆理兮何恣縱而益顏言技可以進道兮吾當由是以返觀納腸補臟憯忍莫竟石立土踊孛彗迕逆吾猶以爲天地之病也脩身俟命道之大經先生之正也大夫曰神之所行何體何方拘者爲儒請更端以告僕夫

越公孫曰靈曜宜精五紀順明察幽考微法天以行形氣芸芸吉凶卑高觀象以分韜兮靈根慼不以言

由動彰靜百神受祐虛者爲音質者爲數昔后稷氏之職黍稷薿薿智者過謀胡盡其地力民日作慝相攸食墨風雨斯蔽連雲岌業飛不得垂喙履不敢仰視旁營萬家地記萌芽藉衣僨蹶而淮水復絕鑄鼎伏姦能沈于淵吁嗟而求桑林之羞要荒擾馴王會盈庭獻琛効珍物不可枚陳雞豚以時父恬孫嬉何助邊蔑思屈曲洲島家累千金資先生昔居列僊之館據要集思謂象以理明妖由人興守謜芒法清寧郤走馬于郊謝重譯之雉陋三耆之茅熙熙陶陶舒

舒天天不言而歲成無營而事貞夫子不云乎一致
而百慮其是之謂乎郢大夫曰汎觀博聞于道彌損
願滌耳以抉其蘊
越公孫曰粵昔尼父唯俎豆是斆擊刺坐作因民以
敎蒐苗獮狩車徒卒究厥令輿圖八表同曆四貉交
軌月窟風丘氷天桂海馳心望雲請命欵塞千盧星
環八屯山列羽林旛經飛騎鼓笈然而樂成者難與
圖事守文者不足語智嘗聞之兵農同封耕戰同功
魚類鴈行敵莫我敢當府散籍移萬姓流離強帥拉

脇外寇憯肌卒不可柱支後王鑒觀法日以繁罷者
罷者怔者羸者駢頭引吮食粟而嬉開門納兵百部
是師何草廬高吟崎嶇雜耕何杜氏之子傅僻孔深
而緩帶以征射以容觀劍以氣言批亢擣虛孰知其
隅折衝厭難莫窮其畔至若握玄圖視龜文縱橫其
止與易象相表裏者驟語之吾懼大夫竦貽也大夫
曰兵者不詳之器未効此知也

越公孫曰炳靈心君闢乾闔坤情聲相宜立度出均
昭昭鴻藻緗縹是存敢先論楚材而言之漻漻乎是

畏垢而將翳也霏霏乎睫承露而欲訴也荒蹊斷葦燐滅沒而疑聚也織文揚徽攬芳菲而雜組也少焉商飈號鳴金石琮琤逐虎搏兕雄鶻鏃鷹寄奔蒼于一瞬乘扶搖以孤征終緩轡以就日惝儵淪乎西傾噫悲何爲哉古有巖居之士抱奇抉幽潄芳深林憇寂凍流澹乎其若遺窈兮其若留鉤盤助之爲回旋虛牝荅之爲獻酬猿三叠而墮淚鶴九轉而凝愁鉤玄揉微迄無終窮瑤席敷張高歌慨慷語初罷而終放託餘韻于宮商然此其戔戔者耳擿拾蒼雅刮磨

詰盤微粲具編飛英露溥何譏乎肉食之鄙猶鄭穆而魯桓也大夫不聞之乎鍾石絲竹各隨其聽隆汙有時其所遭者命摩盪堪輿吸呼羲娥矢爲帝詞叶爲賡歌五嶽賛襄百靈護呵不棘不茨如砥如磨發潛漏泉拯民陽春現逸爲新簡絜爲真列若戸居别若渭分雍容者珩璜冲遠者英莖縷絕而緒續醴甘而齊清昔之擅名偉著耿光兮其不能以千百程也浮聲切響直意肆志澎湃訇溘滔滔莫止据里者夸飾言者哇嫫毋兮姑射鉛刀兮鏌鋣謇莫任兮奈何

大夫曰文章與政通王署之職也文勝質則史更言其大者

越公孫曰矻矻中壘校讎靡寧世本年紀擊于麟經捨相府圖書汎其緯經炳麟金匱汔罔敢配迺司馬氏决榛鋤翳麗者爲譏激者爲刺升涉世家表籍作記言諸侯無史史立周史圯鄙儒畫掞削章刪凡爝火竝日卒澌盡莫傳昂昂荀袁辭約義完何班范家至耿光縣縣相繼擬述百世一律素王簡編如日在天熒煌高張孰敢附肩鴻化以漓研深益疲檝者闞者

襲者濫者洪溷畏禍希企市價諂不表直俚不師雅若聾鼓鍾若育策馬元經附訛唐曆受呵後有紀略迄莫同科尹石猛志證古比事百不一試歐陽氏出方名山所藏復大同而小異勢不兩立其魯史之謂厥今繫諜川盈記註櫛比故志存廢典之源典章酌損益之致登瑶山而神骸遊鄧林而目怵般倕効呼隨和發沸操觚之士吾將見其心赧而神悸也先生登祕丘覽群玉積石倉標朱目壘兵筆削融液乎粹精囿薌胥鄰大庭大夫宜從下風而乞靈也大夫曰

皇王惟熙帝霸孔嶻我心增悲韓愈不爲史名以四
馳何庸知焉

越公孫曰煌煌古帝別生聚方渙乎陶唐五服正邦
五典率常導之無違民用熙熙授之以時聿來孜孜
降于三王厥緒曰孳集成于著姬黼黻憲章金石命
令緝熙太和宣昭群姓纖鉅之備粲乎其有秩也豐
殺之制屹乎其有截也三光重輝百列拱列歲時易
遷而浸淫蘖芽弱者綴旒强者鋋戈智者探囊勇者
拔河搏犀象屠蛟鼉飛矢請命旁午係車翕乎浮雲

迅乎奔塵炙轂滑稽之士紛然而竝陳棄仁恩假鬼神混君臣各馳騁而懷新數千百年人亡而說具勞乎離婁不足以一視也繭乎王良不足以一御也其最大可病者恬泊守貞可以養身不可以治民絕性棄命黔首蠹病孟軻氏有作吾見其髡鉗而舌咋也言未既郢大夫曰天藏山中瑾瑜匿瑕間以辨之厥德日華儒者訴病卒不能以勝何道最高子盍陳之毋激毋勦

越公孫曰古昔頷童受業閭塾書數首通訓故是屬

聲歌象舞目接身服相親有恒日用不瀆後帝不相襲緣祀興文八音寥寥五禮紜紜鏗鏘莫明而聚訟若棼鄭説乖誤後圖踵循象制益湮周官別出議者欲一繁紊繆錯操綱而入林適越而轅北也類禮孔勤五厄莫存後有放補去取未就卒乘虬驂雲字以文合聲以音比旁敷落佚行離狄鞮文軌同風不能以一致孔壁莫推二經蕃廡聲牙爲今簡儷爲古謂道統是傳曷敢有語詩基文王而周召先興首章異同衆説沸騰風雅變言美者爲訾直者爲詆魯頌紀

異秦誓告終何後學瞢瞢迄莫之通麟麟曾經議曰法吏謂齊晉無褒而日月具刺紛若蠭蝟眇若糠粃不虛其心不明厥視遺珠抱疑探篋積毀然此特人文之經緯政治之用體也三聖述作包河總洛二儀生于心萬化制乎神迎之而莫親拒之而莫存疑者遯者愕者困者湛兮消兮委兮昭兮沈思遺物形離超兮激廻飈兮闐而寥兮縱雲翔兮惽兮儒先從我招兮郢大夫曰始吾見公孫痠訛若不足突梯若避辱闢精稿神何斷斷然也今知子矣永譽處矣吾與

翰林先生徜徉此土小年大年猶以爲朝暮也

工獄　宋本

京師小木局木工數百人官什五其人置長分領之一工與其長爭長曲不下工遂絕不往來半歲衆工謂尸語非大嫌醵酒肉强工造長居和解之乃讙如初暮醉散去工婦淫素與所私者謀戕良人不得間是日以其醉于讎而返也殺之倉卒藏屍無所室有土榻榻中空蓋寒則以措火者廼啓榻輒實屍空中空陿割爲四五始容焉復輒故所明日婦往長家哭

曰吾夫昨不歸必而殺之訟諸警巡院院以長仇也逮至搒掠不勝毒自誣服婦發喪成服召比丘脩佛事哭盡哀院告長屍處曰棄壕中責伍作二人索之壕弗得伍作本治喪者民不得良死而訟者主之是故常也刑部御史京尹交促具獄甚急二人者期十日得屍不得笞既乃竟不得笞期五日又不得期五日期三日四被笞終不得而期益近二人歎惋循壕相語笞無巳時因謀别殺人應命暮坐水傍一翁騎驢渡橋犄角擠墮水中縱驢去懼狀不類不敢輒出

又數受笞涉旬餘度翁爛不可識舉以聞院召婦審視婦撫而大號曰是矣我夫死乃爾若耶取夫衣招魂壕上脫笄珥具棺葬之獄遂成院當長死案上未報可騎驢翁之族物色翁不得一人負驢皮道中過宛然其所畜奪而披視血皮未燥執愬于邑亦以鞫訊憯酷自誣刼翁驢翁拒而殺之屍藏某地求之不見輒更曰某地辭數更卒不見負皮者瘦死獄中歲餘前長奏下縛出狴犴衆工隨而譟若雷雖皆憤其寃而不能爲之明環視無可奈何長竟斬衆工愈哀

歎不置徧訪其事無所得不知爲計乃聚議裒少鈔百定處處置衢路有得其工死狀者酬以是亦寂然無應者初婦每脩佛事則丐者坌至求供飯一故偷常從丐往乞一日偷將盜它人家尚蚤不可既熟婦門戶乃闇中依其垣産以須迫鐘時忽醉者踉蹌而入酗而怒婦詈之拳之且蹴之婦不敢出聲醉者睡婦微啐燭下曰緣而殺吾夫體骸異處土榻下二歲餘矣榻既不可火又不敢塓治吾夫尚不知腐盡以否今乃虐我歎息飲泣偷立牖外悉得之默自賀曰

奚偷爲明發入局中號于衆吾已得其工死狀速付我錢衆以其故偷不肯曰必暴著乃可遂書合分支與偷且俾衆遥隨我往偷陽被酒入婦舍挑之婦大罵丙敢爾鄰居皆不平偷將毆之偷遽去土榻席板甏作欲擊鬭狀則屍見矣衆工突入償偷購反接婦送官歸吐實醉者則所私也官復窮壕中死人何從來伍作欵擠何物騎驢翁墮水伍作誅婦洎所私者磔于市先主長死吏皆縻終身官知水中翁即鄉瘦死者事然以發之則吏又有得罪者數人遂寢負皮

者寃竟不白此此延祐初事也校官文謙甫以語宋子宋子曰工之死當坐者婦與所私者止耳乃牽聯殺四五人此事變之殷也解仇而伏毆刀逃笞而得刀伍作殺而上婦窆貧皮道中而死桎梏赴盜而獲賻此又轇輵而不可知者也悲夫

元文類卷四十五

元文類卷之四十六

元　　趙郡蘇天爵伯脩父編次
　　　太原王守誠君實父挍訂

策問

國學私試策問　　姚登孫

二典之政以曆象爲先故歷代之興以正朔爲重昔三聖授受皆以曆數爲言艮以是歟堯舜之事尚矣夏以建寅爲正則天時之政而人事之善也孔子嘗以告顏子顧不以爲萬世不可改歟一變而商則用

丑爲正再變而周則用子爲正説者曰一王之興將有以新天下之耳目則正其首事也不得以相襲然歟儒者以子爲天統丑爲地統寅爲人統説者曰天開于子地闢于丑人生于寅故是三建者皆可以爲正後儒遂謂子者天之春故周以爲正丑者地之春故商以爲正寅者人之春故夏以爲正是正卽春也然則大冬嚴寒之月固可以爲春則亦毋怪夫秦人之以亥爲正歟夫詩與書學者之所質信而無惑焉者今書所載月數皆以寅紀詩之月數亦寅也獨七

月之詩云無衣無褐何以卒歲則季冬而言也曰爲改歲入此室處則孟冬之言也然則豳人固有二政歟而說改月者曰孟子周人也其言七八月則夏五六月其言十一月十二月則夏九月十月也然則孔子亦周人也顧曰行夏之時何歟夫孔孟學者之所折衷焉者而立焉之異如此學者將孰從歟

人之言曰天者理而已自儒者之有是言也而世之言天者率求之于微妙茫忽之際而遂以其穹隆昆崙晝夜運行者爲麤迹廢而不議可不言歟古之言

天有穹天者言其象穹然也有蓋天者言其形北高南下如倚蓋然也有渾天者言其體渾渾然也世之人起而見仰而戴不知其說可不可歟堯大聖人也史記其放勛之實莫先於欽若曆象之事學者顧欲以爲龜迹掃而不議得無與堯典戾歟夫天之所以爲天者日也月也星辰也曆家以天爲天以日月五星爲天之緯其說曰周天之體凡三百六十五度天者左旋自東而西一日行三百六十五度日月五星右旋自西而東日最遲日行天一度月次遲月行天

十三度有奇五星尤遲自古及今曆家通用其說以爲測候之準則可信不誣而儒者之說不然以天左旋一日行周天三百六十五度而常過一度日月五星亦左旋日一日行周天三百六十五度止而不及天一度月一日行周天不及天十三度有奇五星皆然此其說自關中大儒發之而考亭先生著其說于書夫書之有傳世爲天下道可也其參考模索至精且詳左旋之說將以祛千古之惑非苟焉者而曆家之論與漢唐諸儒之說並行于世皆以爲天左旋日

月五星右轉何若爲皆馳歟諸生其參酌厥中務詳言之著于篇毋徒曰吾非瞽叟焉知天道

儒者之學貴乎明體以適用苟志于用矣通今者語古則或乖泥古者適今則難合二者交病焉謂之有用可歟事之最古而便于民者莫井田若也者比閭旋黨周而爲郡自鄰里酇鄙縣而爲遂自井邑丘甸縣而爲都自黃帝至周公非千五百年不能備其成之何難歟至孟子時未久也諸侯已去其籍而不可得知何其壞之速歟秦廢經界立阡陌而田始弊阡

陌可開也夫其自溝而洫洫而澮澮而川遺跡豈盡堙而不可尋歟自是而降豪右兼并得以專地矣二千年間信古者通患之則有限民名田而已則有計口均田而已然其法有未行而已弊有既行而隨弊有始定而終弊者何歟豈世異事殊法固未易立歟豈井田之外皆不足爲良法歟唐初租庸調取之口分世業未幾再變而爲兩稅至于今不改豈井田復作亦無便于此法歟借曰仁政必自經界始不知給授之衆還受之冗出入之際何以使之無弊歟不知

高下之則盈縮之度寬狹之制何以使之可守歟斯數者信古之士可不卻顧而長慮歟昔橫渠先生慨然有意于三代之治以爲經界不正雖欲言治皆苟而已期以數年復井田之法與學者議買田一方而井畫之以推先王之法于當今可行也苟志于行亦無不可歟諸生爲有用之學豈無志橫渠之志者歟要使酌之古而合施之今而便田制一大議論也願詳言之

私試策問

吳澂

治天下之事多矣有司嘗考今古以爲其事之大者十有二稽之古而不能無疑曷可行于今歟試因識時務者議之古者胄子有教何教乎師保有訓何訓乎顯忠諸呂之謀亂與奮節甘露變故之後者孰優精忠于賢否混淆與抗疏朝廷草創者孰劣上書美荇何謬歟醉入賦詩何迂歟願聞所以得公族之道古者力牧之外何以有六相禹皋之外何以有十六相丞相欲斬二千石與置部刺史而相府不相干者孰非丞相欲斬戲臣與小臣加官而相府不相統者

孰是蕭曹舊隙何以同心姚宋不同何以戮力嚴明寬厚何以相資善謀善斷何以相用醇謹自飭才何劣而係天下安危二十四考何量與二黨交攻量何隘而爲天下輕重二十餘年何才與顧聞所以爲宰相之道古者諫無官王事無闕後世置諫大夫世道不古御史爲傳命記事果得乎御史爲平章按察果失乎擢補闕以增直臣氣謂諫議有諫臣風者孰優以中大夫守東海諫官補刺史者孰劣守饒州而給事不肯草制可法歟除刺史而舍人封駁可嘉歟願

聞所以得臺諫之道古者金馬承明之著作與設中書之官孰是尚書侍郎之起草與立學士之號者孰非取譽于貞觀與德音除書者同乎齊名于元和與號大手筆者異乎賜以宮錦與下詔而悍卒泣涕者孰賢贈以玉帶與賜詔而王逵效順者孰勝願聞所以得兩制之道古者東觀禁中之名同乎弘文崇文秘書之號異爲秘書府居于外何所始秘書閣藏于外何所因劉章元成施讎周堪何官楊雄班固傅毅何職黃香盧植蔡邕馬融與馬懷素褚無量何所顯

乎賈逵丁鴻與張說徐堅元澹何以名乎願聞所以
得館閣之道古者左右史與內使何所殊大小史與
外史何以異蘭臺掌圖籍與禁中注起居孰優太史
居丞相上與史館于門下省者孰是三墳五典紀之
何人春秋檮杌作之何氏章程必付柱下元功必藏
御史何意乎太史必職司馬科斗必職東家何見歟
郤太宗觀史與郤文宗者孰賢郤張說託言與郤李
德裕者孰智願聞所以得史館之道古者櫂人巡省
四方與掾史分制諸郡同乎刺史秩卑權重與州牧

秩重權專異乎刺史揚州奏二千石罪與刺史冀州不察長吏者孰優不肯杖小史與不肯捕蝗者孰劣補職三百不以私撓設學挍變風俗與真刺史者孰勝單造賊壘毁淫祠破機祥與三獨坐者孰負百域聞風而震悚果賢乎奸贓望風而解綬果得乎願聞所以得監司之道古者六官掌于司馬孰爲將漢唐大將府衛孰爲帥韓彭衛霍之功孰多靖勣光弼之才孰愈築臺簡注而上客何以誅設壇寵拜而椒房何以罰漢中可戰則戰非輕乎荆州可和則和非怯

乎朝受詔夕引道與軍旅俎豆者孰是卯受命辰出師與廟堂朝歌者孰非詩禮强晉而學春秋者何以有陳濤之奔輕裘平吳而作文賦者何以有河橋之敗趙不敢東匈奴不敢寇愈於毀家而紓國難者乎胡不敢南突厥不敢顧愈于匈奴未滅何以家爲者乎願聞所以得將帥之道古者渤海頴川之良果拜守相輒見問之功乎河北二十四郡無一忠臣側門侯進上之過乎由滎陽爲中大夫與上蔡擢河南守者何如道不拾遺蝗不犯境與江陵反風不其伏虎

者何以肥卿之才何以稱益昌山陽之才何以美盩
賞玉戚何謂賢主不識貞卿何以復國德化三異與
忠信三善孰優民不敢欺與民不忍欺孰善願問所
以得守令之道古者學校庠序之名同乎司樂學政
國子之制異乎六德六舞干戈羽籥之制何以殊禮
樂詩書鄉司徒之教何以別置子弟員五十人而至
百人千人而至三千人何以盛圜橋億萬計黌舍千
八百室與每歲課三科歲復增二科何以精國子三
百人太學五百人四門千三百人又何以盛鹿歌之

歌燕堂之琴樂成送尚書何以精博士弟子領于太常得乎國子監隸太常寺當乎舉司隸之幡與拔朱穆皇甫規者孰優拒朱泚之亂與褒陳仲舉留陽城者孰勝教牢脩之書何以乎喉張顯之誣何以乎願聞所以得學校之道古者選部有尚書何所始尚書有吏部吏部有侍郎何所自用人不分流品故有以引强蹶張致相者何法官必取之法律而財賦必取之入粟補官乎選官清鑑與詳密者何如平允與請謁不行者何若山公啓事與二十年天下無遺才者

孰優金背鏡與十二年留得人者孰是或無藻鑑或
賢否雜進與皂白之譏孰非或較嚴失實或大納賄
賂與市瓜之譏孰劣願聞所以得銓選之道古者八
元八愷誰之苗裔鄧虢毛原何所自出仕者世祿與
三衙三衛之制何以殊崇德象賢與武選文較何以
異多憖之夫三篋之才與元成之守節孰優細柳之
屯朱崖之排與蕭育之賢孰優任太子洗馬太子庶
子與校書郎博士弟子者孰勝任侍中司空與爲郎
爲中郎將者孰貿父任與兄任孰賢乎族父任與宗

家任孰愈乎教子以諂者何故教子以容者何為或謂任子不通古今果當乎或謂雜色入流者果宜乎願聞所以得任子之道若此十二事者曷為而不戾于古曷為可行于今其詳言之有司將以觀有用之學

廷試策問

元明善

朕聞賢聖之君之治天下也或恭已無為或不遑暇食或寬仁恭儉或力于為善其所以致治雖殊及乎民安物阜風淳俗美刑辟措而鮮用頌聲作于田里

制禮作樂翕然大和而麟鳳龜龍嘉禾朱草甘露醴泉諸福之物莫不畢至雖帝王之美不徒在是亦其氣之應也舜文之德德尚矣若漢之文帝唐之太宗猶能致治如彼況薄漢唐而不居者乎今天下雖久寧謐戶口雖甚蕃滋而稼穡或傷于水旱細民或致于阻饑未能家給人足時猶仰濟縣官豈行仁義猶未盡效邪子大夫明古以識今知常而通變毋迂闊于事情毋乖戾于典則明以對朕將親覽焉

擬會試策問　曹元用

洪範八政三曰祀祀者國之大事也其禮之尤重者
曰郊曰廟按周禮于冬至之日郊圜丘而春秋所書
魯事或郊于春正月或郊于四月五月甚者于九月
而用郊郊之時不同若是何耶鼎之象曰聖人亨以
享上帝而大亨以養聖賢亨上帝而曰亨養聖賢則
大亨王假有廟則用大牲其重輕之義亦安所取哉
夫儀禮周禮若詩俱言尸而不言主春秋則書主而
不書尸是皆神所憑依者也何爲不竝言豈亦有先
後之序乎抑古者兼用尸主以祀而經書特互見乎

周制都宮別廟東漢以來乃易以同堂異室議者謂爲夐不古若然歷魏晉隋唐宋金之久何爲而不復古制乎周天子七廟加以文武世室九獻之禮王后預焉陟降進退一日而可遍及否抑再日而復祭乎王后齋宿當于何所百職助祭男女授受何以別乎九廟樂舞當何以處之易曰盥而不薦有孚顒若說者謂既薦則簡略不足復觀豈先王之所以事其上世者乎文王何爲豈是爲訓凡茲數者皆禮之大節吾儒所當深究而明辯者也我國家隆平百年功成

化洽禮樂之興維其時矣諸君子由鄉貢而來大比于京師其于茲數者必燦然于胸中矣願爲我縷陳其說

廷試策問

袁桷

蓋聞昔之聖人垂衣裳以成無爲之治稽于書傳任賢設教品節備具諄諄然命之矣是無爲者始于有爲也事久則弊唐虞之世歷年滋多不聞其有弊也治莫重于定國體尊國勢綱常之分嚴風俗之化一國體定矣善惡之類明賞罰之制宜國勢尊矣廉遠

堂高上下之辨也量才授官莫得踰越國之大柄也若是者其道何以臻此記曰禮樂刑政四達而不悖王道備矣夫禮以防民樂以和志刑以禁暴政以善俗四者何所先也夙夜浚明卿大夫之德也知其邪慝則知所以儆之知其困窮則知所以振之爲吏習常恬不知省其故何也繼體守文善論治者尤以爲難朕承累聖之丕緒宵旰圖治罔敢暇豫于變時雍若有缺然者子大夫觀乎會通酌古今之宜毋迂言高論以稱詳延之美朕將有攷焉

會試策問

袁桷

夫書者卽古之史也孔子删述自唐虞二典以訖于周之文侯之命附以費誓秦誓而三墳八索九丘諸書皆芟而不錄至其約史記脩春秋託始于魯公隱元年實周平王之四十九年也褒善貶惡特書屢書至獲麟而絶筆前乎唐虞之所著豈不過于文侯之命等篇而去彼取此泝平王而上沿獲麟而下豈無可紀之事而絶不爲書是皆有深意存焉司馬子長創爲史記首軒轅以逮漢武或有孔子所芟者子長

乃從而錄之後人翕然以爲有良史之才愛其雄深雅健凡操史筆者如班孟堅范蔚宗諸儒爭相蹈襲是祖是式而未有取法于春秋者焉豈聖言宏遠匪常人所可擬其彷彿邪自荀悅倣左氏傳爲漢記體制稍爲近古于是袁宏孫盛之徒竝爲編年之書而學者或忽而不習終不若子長史記盛行于世司馬公編資治通鑑造端于周威烈王二十三年繫年敘事歷漢唐以終五代勒成一家之言淵乎博哉此近代所未有也其亦得聖人之意否乎我國家隆平百

年功成治定禮樂方興纂述萬世之鴻規敷闡無窮之丕績吾儒之事也故樂與諸君子討論之諸君子游心載籍聞見滋廣其于書春秋之所始終史記通鑑之所以製作必詳究而明辨之矣願聞其說

廷試策問　袁桷

朕聞自昔聖王之治天下罔不在初政故舜之嗣位也明目達聰命九官咨十有二牧禮樂刑政之道粲然備具禹成厥功祗承于帝精一執中實聖聖傳心之要湯黜夏命以克綏厥猷爲本武王勝殷首訪于

箕子天人之際明矣詩之訪洛公劉書之無逸立政
亦惟成王嗣服之始君臣交脩以成繼志述事之業
唐虞三代其揆一也維我世祖皇帝聖神啓運時則
有同心同德之彦效謀輸忠故能混一區宇治化旁
洽朕祗承丕緒永惟帝王事功見于經傳悉遵而行
之時有古今制宜損益若稽世祖之宏規遠略垂統
萬世夙夜寅畏以圖治安然人才之列于庶位者猶
若未備子大夫達于庶政者猶若未備子大夫其以
前王之坦然明白可行于今者何策世祖政典之綱

領當今未盡舉行者何事宜悉心以對以輔朕惟新之治

會試策問　虞集

傳曰春秋教以禮樂冬夏教以詩書若稽古昔率是道也吾夫子脩禮正樂删詩定書贊周易作春秋天下萬世賴焉漢立學官經置博士名家之學具可考歷唐以來定爲注疏立教者用之我國家設科取經術之士今十餘年矣擴而明之不在學者乎夫自漢唐至于近代説經者多矣或傳或否悉論焉則累

日不能旣其目請以耳目所共及者而問言易自王
輔嗣之說行而言象數者隱其有存者猶當可乎邵
子先天之學可得而傳乎程子之傳朱子之本義旨
意所指文義所當有異同乎書有今文古文之辨傳
者終不敢析而爲二豈昔人成書有未可輕意者乎
詩自毛傳盛行韓傳僅見逮朱氏傳出一洒其故其
有所授乎毛鄭舊說猶有可論者乎春秋左氏公穀
之傳與經竝行久矣至于啖趙陸氏始辨其不合而
求諸經君子韙之三子之說果盡得聖人之旨乎劉

氏權衡三傳益密于陸而劉氏果無餘蘊乎胡氏之說其立義得無有當論者乎禮有儀禮及大小戴記又有周官小戴今用之儀禮其經也可弗講乎大戴之記猶有可取者乎周官之制可互考乎鄭氏之注其歸一乎此固諸君子積習而素知者其詳言之

會試策問　虞集

昔者神禹盡力溝洫制其畜洩導止之方以備水旱之虞者其功尚矣然而因其利而利之者代各有人故鄭渠鑿而秦人富蜀堋成而陸海興漢唐循良之

吏所以衣食其民者莫不以行水爲務今畿輔東南河間諸郡地勢下春及雨霖輒成沮洳關陝之郊土多燥剛不宜于漢河南北平衍廣袤旱則千里赤地水溢則無所歸往往上貽宵旰之憂至發明詔脩庶政出粟與幣分行賑貸恩德甚厚然思所以永相民業以稱旨意者豈無其策乎五行之材水居其一善用之則灌溉之利瘠土爲饒不善用之則泛溢漬淤灌漬囓食茲欲講求利病使畿輔諸郡歲無墊溺之患悉而樂耕桑之業其疏通之術何先使關陝河南

北高几不乾而下田不浸其瀦防决引之法河在江淮之交陂塘之跡古有而今廢者何道可復願詳陳之以觀諸君子用世之學

廷試策問　虞集

洪惟太祖皇帝受天明命肇興景祚列聖繼作四征不庭鋒旗攸指靡不率服建我世祖皇帝混一區寓職方所載振古未有于是建國紀元立官府置郡縣制禮樂定貢賦帝德王功之盛粲然如日星之行天四時之成歲也六七十年之間講之益明治之益習

天下晏然守其盈成者又何以加之哉朕纘承正緒夙夜祗懼成我聖祖神考之心比歲再祼太室仰而思之求盡其道而未能也夫親親莫內于九族今百世本支蕃衍盛大則既尊位重祿矣尚有以勸之之道乎尊賢莫先于百姓今世臣大家勳業昭茂則亦既富方穀矣尚有以體之之道乎多方內附之衆因其俗而導之者亦既久矣一而同之之道尚有可克者乎生聚敎養之民因其生而厚之者亦既周矣協而雍之之道尚有可致者乎書曰監于先王成憲其

永無愆朕之志也子大夫咸以道藝來造于廷其備
陳之朕將親覽焉

廷試策問　　虞集

朕聞伏羲神農黃帝之事見于易堯舜禹湯文武之
治存乎書皆聖人也其號名雖殊而治化則一日月
星辰之爲天丘陵川澤之爲土君臣父子夫婦長幼
之爲人三極之道有以異乎宗廟也朝廷也師旅也
禮樂也佃漁也耕桑也時之所尚雖小有損益其爲
治之具豈有易于此者乎然而伏羲神農黃帝之所

以爲伏羲神農黄帝堯舜禹湯文武之所以爲堯舜禹湯文武可得而别歟伏羲之卦文王申之神禹之疇武王詢之文無異也道無異也然伏羲之作造化備矣何以有待于文王武王之心神明通矣何以猶待于箕子然則群聖之奥有待于後世者猶無窮乎子大夫習之于師考之于古得之于心宜之于今亦素有其説乎朕誠以爲非伏羲神農黄帝無以爲道非堯舜無以爲德非禹湯文武無以爲功心術之精微制作之會通子大夫其悉陳之朕將親覽焉

元文類卷之四十六

元文類卷之四十七

元
趙郡蘇天爵伯脩父編次
太原王守誠君實父挍訂

策問

會試策問

馬祖常

聖王之設官也俾在位之臣咸稱厥職以亮天工者其法不越乎選舉而已皇元稽古立制用賢使能叙進差等成法具在夫事久將弊亦有可變通者乎入官者曰滋月積循名責實有不勝其煩然選舉乖方

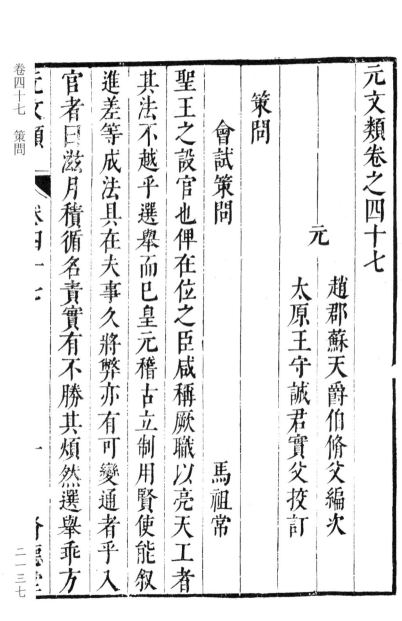

則瘝官病民曷術得以無二者之失乎命風紀擇可爲守令者善矣然必求于資歴相當足以盡撫字之才乎漢世公卿二千石皆得辟舉可施于今乎課績良法也今以五事備責守令往往虚文考功可復乎州郡牧守限于品秩闕員者衆漢唐以來權行守試激厲奬借之道獨不宜于今乎諸君子褎爲舉首各悉其說

廷試策問　王士熙

朕問帝王之相承質文之迭興尚矣夫治在正俗致

俗之丕變必在上之人有以作而興起之則四海之内其應如響也史氏之言曰夏之政忠忠之敝小人以野故殷人承之以敬敬之獘小人以鬼故周人承之以文文之獘小人以僿于乎三代善政所以紹五帝之烈垂百世之範其爲之綱紀樞機者豈不在兹乎繼是而後不遑論也洪惟我太祖皇帝龍興朔土世祖皇帝奄宅方夏制度文爲著之令甲深仁厚澤涵煦黎庶其一民俗而定民志者具舉矣淳龐正直之風篤實博大之敎兹非忠乎上下等威截然而不

可祀郊廟朝廷粲然而有儀玆非敬與文乎然必審所從也夫三代不可及已其所謂弊者果何在乎今欲氣感而聲隨風移而俗易必從一以爲定乎必擇三者之盛而棄其弊乎此朕所以切于正俗者也子大夫積學明經其于古今之宜政事之要方將推以待用其悉心以對毋忽

大都鄉試策問

孛朮魯翀

朝廷者綱紀所綜而風化所由宣京師者郡縣所望而民物所由阜以上達下者禮樂政刑也事孰大焉

以下奉上者士農工商也業孰廣焉事振于上萬方治象以之昭明業脩于下萬世邦本于是鞏固生民以來天下國家莫之能易也夫禮天地之節也三代損益雖可槩見叔孫之儀後世因之開元之禮通典載之宋金雖未定其書禮之記錄者國有大議廟堂諏詢宸宁斷制必采而用之其于事天享帝之爲敬君臣父子夫婦之爲綱孝友睦婣任恤之爲教果盡古昔之道適時措之宜乎樂天地之和也瞽宗制氏失傳雅益趨俗近古有爲之君知方之士思復古制

而竟未能一其或有作不能無憾沿襲至今署兩大
樂律呂果脗合乎治忽果關繫乎政以德德本于天
法制禁令政之條目也施無所本足以帥其下乎刑
弼敎敎宗于禮鈇鉞鞭朴刑之不得已也用無所宗
足以戢其亂乎民于下者士也農也工也商也士俊
造之藪也將相百執事之階也今養士法加詳取士
路加闢而士習益陋士氣益卑豈學非所用用非所
學乎其何道以礪之農衣實之原也上有司農之政
下有勸農之臣墾令雖嚴而汙萊間于圻甸占籍可

考而遊惰萃于都城況其遠者乎其何法以治之工利器之府也奇功熾而奪稼穡之務苦窳售而耗庫廩之儲其何方以政之商懋遷之資也鈔法久隳農末交病市擾不測有無俱艱儌倖者公私相欺折閱者上下莫恕其何術以平之聖天子踐阼科舉舊章再布明詔京府開試光被德音諸君子需貢輦下經濟首有望焉之八者本末精粗討論有素請著于說

鄉試策問　宋本

趙宋立國三百餘年遼金二氏與之終始其君臣𢼸

惡其俗化隆污與其政事號令征伐禮樂之得失皆宜傳諸不朽爲鑒將來然當世史官記傳叢雜不可盡信虞初稗官之書又不足徵昔晉書成于貞觀唐史作于慶曆蓋筆削之公必待後世賢君臣而始定聖天子方以人文化天下廷議將併纂三氏之書爲不刋之典左氏史遷之體裁何所法凡例正朔之予奪何以辨諸君子其悉著于篇用備採擇

鄉試策問

歐陽玄

誦唐風者慕堯之遺俗歌豳雅者念周之初基載籍

可稽也國家隆興朔方渾厚之風雄武之氣所以度越百王奄有四海者也當是時國人忠君親上之誠一出天性旣而高昌親附乾竺大夏諸國景從域葱嶺民流沙磧石以北祁連以西皆隸職方收其豪傑而用之亦旣尊尚國人之習而服被其風矣承平旣久散處宇內名爵之所砥礪才諝之所滋演捷出百家未有紀極雖風氣大開文治加盛埶有然者然而黜浮而崇雅去漓而還淳豈無其道歟親筆札者兼弓矢之藝飫膏粱者知稼穡之難其敎當何先歟別

氏族以明本原同風俗以表歸會其政有當講者歟才諝既培養矣名爵既錫予矣其所以圖報稱者以何事歟願悉以對

會試策問　歐陽玄

蓋聞三代以來經國之制至于今而不朽者未有盛于九府圜法者也國初楮幣量時度宜歲久變通埶所必至粤若稽古歷山莊山之鑄先王荒政民無指瘠將使錢楮通行剏茲時與事會然而輕重之則斂散之方可以行之永久者必有良法矣伊欲重必至

于病鈔法輕不至于費國資斂可以益于公散可以便于私以至廣鼓鑄之所而不滋僞盡坑冶之利而不厲民平貿易之價而不偏均遠近之用而不滯新不至貽將來之弊舊不至隳前代之成官有典守而不冗于設員銅有中買而不煩于立禁肉好之詣精銖兩之適等遠物畢來而舶無逸出之患私藏盡發而人無告許之虞若是者何以各臻于善歟諸君子學古而通今苟有以裕國而庇民者其悉心以對無隱

鄉試策問　黃溍

三代法制見于經者惟周官一書大綱小紀詳略相因其言人事悉矣然稽之尚書王制孟子之書有不能盡同者何歟或以爲周公致太平之迹或以爲六國陰謀之書果何所折衷歟周衰諸侯惡其害已而皆去其籍是書何以獨存歟漢除挾書之律是書最後出而冬官亡矣時以考工記足之或者排其非是考工有記果出于誰歟或又謂三百六十之屬已散見于五官冬官果未嘗亡歟國家以經術取士而是

書不列科目豈以劉歆蘇綽王安石輩用之而不驗歟抑他有可議者歟厥今朝廷内建六曹蓋古六官之遺意豈其成法固在所取歟抑猶有可舉而行者歟諸君子爲有用之學宜熟講之矣願聞其說

啓

謝嚴東平賜馬啓

康曄

微勞亡有敢及三命之榮小巳奚堪遽冐千金之賞所賜厚矣何愧如之伏念曄材素無良器非致遠徒勉厲駑之志莫成率驥之功無所取哉確然大耳詩

書廢棄難追韓愈之飛黃鄉里歸來亦乏少游之款段敢忘代勞之駿足孰憐負俗之陳人賁然來思念不到此茲蓋伏遇相公秉鞭作牧如馭臨民名高齊駟之無稱德大曾駉之有頌小者大者縶之維之雖病顏之駒謂何飾矣至泛駕之馬亦在馭焉不圖衰朽之蹤曲被閑馳之惠自矜光寵獲免徒行敢曰據鞍效馬伏波之矍鑠恐其犇鞚有杜工部之損傷感佩良深染濡奚罄

謝解啓　　閻復

芹宫角藝初無黄絹之辭藻鑑垂光誤中青錢之選名非情稱感與愧并切惟辭賦之淵源是乃古詩之糟粕荀氏子發明其大槩宋大夫鼓舞乎後塵英華秀發則洛陽少年文彩風流則臨卭詞客自兹以往作者寖多摛章繪句者往往有之操紙染翰者滔滔皆是若孫綽擅聲金之美子雲韜吐鳳之奇二班父子卓冠一時陸家弟兄獨步當世莫不振金石鏗鏘之調窮霧縠組麗之文大而仁義諷諭之至言細而鳥獸草木之多識禁踰侈則有東京西京之作辨時

事則有吳都蜀都之編或上林以諷其畋遊或甘泉以述其郊祀升堂入室然未窺孔氏之門墻宣德通情亦庶幾風人之旨趣何此源流之降演爲舉科之文一變唐宋尚餘作者之典刑百變金遼無復舊家之風骨拘之以聲律之調暢撿之以對偶之重輕以窘邊幅爲謹嚴以粘皮骨爲親切描題畫影但知一字之工夫抹東塗西不覺六經之破碎習非成是以變爲常事馳騁者輒謂之荒唐務雄贍者例云乎唱叫雖子建胸中之八斗不得騁其才雖少陵筆陣之

千軍無以施其勇然有司之獲選亦壯夫所不爲何承平歷世而來莫之敢揩蓋僥倖一第之外孰知其他必待權衡至公之流庶展琴瑟更張之手伏惟提學郎中先生儒林冠冕學海宗盟憫斯文重厄于秦灰賛東國復修乎泮水甄陶後進殿最于春秋二季之間鑑視前車洗滌乎場屋百年之弊俾剗拘攣之態庶還麗則之風格雖守而必文辭之可觀辭雖尚而亦義理之爲主加程文律度于古今骨格之內取古今氣艷于程文規矩之中自非卓爾不羣之才局

起褎然舉首之選如復者青衿末品白屋蕪才天杓仰企媿未濯翼以凌梯絳漢難憑徒自尋章而摘句五音中度敢論擲地之宮商八表神遊安有凌雲之氣象辨作戰蝸之兩角尚慚窺豹之一班鼫鼠之窮顧將柰何黔驢之技蓋止此耳豈意不以菲葑之下體遽令糠粃以先揚敢不益礪操修重鞭鄙鈍進而不已雖以當前庶取百中之功不負千金之顧銘心鶚路謝九秋桂子之風刮眼龍門看三月桃花之浪

上梁文

廣寒殿上梁文　徐世隆

析木星躔臨士馬雄疆之地瓊華仙島營帝王遊豫之宮蓋因前代規模便有內都氣象金臺南峙玉泉西流北襟山勢眞龍虎之區東帶海濤盡魚鹽之國控河朔上流之上居今日中原之中是宜均貢賦于四方定龜鼎于億載況朝覲必有接見之所凡宮室本非逸樂而爲恭惟皇帝陛下功塞兩間德光五葉明俊德以親九族脩文德而來遠人以至治不世出之英姿舉累朝未暇行之令典既嚴先廟當備行宮

念人疲飛輓而尚未全蘇雖躬在暴露而不自爲苦
逮至干戈之載戢始令棟宇之量脩壯未央而襲秦
風鄗蕭相重威之設葺九成而損隋制慕唐皇去泰
之心鄙廣寒之廢基應清暑之故事敬涓穀旦爰舉
柏梁敢陳工誦之言庸代子來之詠
抛梁東海外三韓向化風鴨綠江頭無戰伐盡銷金
甲事春農
抛梁南惠雨仁風洗瘴嵐千羽兩階苗自格匭包不
數洞庭柑

抛梁西鐵嶺兵閑太白低聞道上都朝會日降王侍子到來齊

抛梁北天道北旋昌水德周天列宿象臣民萬歲千秋拱宸極

抛梁上雲馭霓旌擁仙仗長春白鶴自天來特爲吾皇降靈貺

抛梁下輦路春風促龍駕都人莫訝曉廻鑾秋郊恐損如雲稼

伏願上梁之後一人有慶萬壽無疆地儀厚配于長

秋天位普臨于諸夏青宮朱邸曄曄相輝玉葉金枝綿綿不絶鸞臺鳳閣咸登柱石之臣象郡雞林永作藩維之守國無撓棟民悉奠居延及魚鳥之微生亦遂池臺之同樂

太廟上梁文　王磐

聖人作事仰憲百王都邑成規要傳萬世越皇居之肇建必宗廟以爲先是故舜紹堯基歸格于藝祖之室周成洛邑烝祭于文王之宮典冊相傳古今一制今皇帝仁涵動植孝奉神明飲食菲薄而豐腆于粢

盛衣服純素而鮮華于黻冕講求故事太常之禮樂一新圖任舊人漢官之威儀漸復敬擇吉地爰立太宮百堵皆興千楹竝列堅杪文梓半出于江南巨柏長松并來于山北共勸樂趨之役咸成百日之功因舉脩梁輒伸善頌

抛梁東瀚海無波舟檝通行見新羅兼日本共來助祭賀新宮

抛梁西西域重開路不迷碧瑱明珠馳滿背香犀藥草似長堤

抛梁南楚風輕脆尚虛談供祭包茅宜早貢莫誇天險恃江潭

抛梁北萬勇不能當一德龍沙戰土漲天潢舞干未久苗來格

抛梁上綿蕞新儀參法象禮文隆殺相時宜會國兩生何以強

抛梁下天開有道扶宗社列聖相承四紀餘于今初覩文明化

伏願上梁之後干戈罕用俎豆常陳長朱草于齋除

産靈芝于廟柱烝嘗禴祀保百世之宗祧朝覲會同
來萬方之玉帛各安環堵室同作太平人

東宮正殿上梁文　　盧摯

玉冊金文既正重離之位桂宮蘭殿載新洊震之居
蓋將别冢嫡以繫人心所以敞儲闈而貳宸極恭惟
皇帝陛下統垂萬世德冠百王以不世之英姿脩曠
古之墜典頃因定鼎爰用正朝固非逸豫之期率皆
社稷之計毎穆然思隆萬世之本其必也能聳四方
之觀迺眷春宮式崇丕構敬惟皇太子殿下溫文日

就岐嶷生知趨朝同馳道之車侍幄辨南陽之牘然不有師賓接見之所則何以示軌範不有衛率環列之所則何以明等威于是少府獻圖冬官督役顧僦畫出内帑經費不煩大農萃楩柟豫章之材罄般輸梓匠之技規模素定斤築隆施繡桷華榱拱星辰于閶闔飛橋複道接雲氣于蓬萊允叶龜謀共扶虹棟敢申善頌以相歡謠

抛梁東大瀛滄波與海通玉殿問安偲仗曉鑾葱浮動廣寒宫

抛梁西京觀巍峩太白低少海旌旗葱嶺捷至今威信徹羌氏
抛梁南天策元勳自可參鉛槧小才蕭統輩癡兒官事竟何堪
抛梁北勿謂天高人叵測居卿半夜望前星輝耀品熒拱辰極
抛梁上萬國歡欣覩明兩金相玉裕德無疵主鬯承祧神自享
抛梁下翼翼青宮崇廣厦横經問道重師儒鄒笑瀛

洲非大雅
伏願抛梁之後殿下端居鶴禁誕荷鴻休得保傅若
二疏有賓客如四皓問安視膳克盡兩宫之歡監國
撫軍大慰兆民之望

尚書省上梁文　　閻復

龍蟠虎踞近依天闕之九重鳥革翬飛肇啓文昌之
入座昭風雲之慶會聳華夏之具瞻麟鳳來游燕雀
相賀欽惟聖明磬天張宇亘地開封混六合以爲家
攬群英而入彀周卿有六以冢宰統百官唐省分三

曰尚書總庶務喉舌典樞機之密股肱資輔佐之良
惟政事之有堂實熙朝之盛典再涓吉地爰築新基
輦來落落之奇材構出潭潭之仙府左帶鳳池之水右
瞻鰲冠之峰聽雞有便于趨朝待漏不煩于他所三
槐論道端居上相之尊一筆爲霖廣作蒼生之福允
協龜策共舉虹梁博採歡謠庸申善頌
拋梁東日出扶桑化景融盡道今年春澤好安排歌
酒慶年豐
拋梁南解愠風清澍雨甘萬頃黃雲登夏麥千村白

雪簇春蠶

抛梁西月窟無塵太白低九曲河清蛟蜃遠萬年拔

穩鳳鸞棲

抛梁北玉牒交歡懷聖德草芳騏驥附龍鱗沙遙鶺

鴒攀鳳翼

抛梁上調元上應璿璣象輔德常依紫極垣洗兵更

挽銀河浪

抛梁下發政施仁自鰥寡甄陶萬類入洪鈞廕庇八

荒開廣廈

伏願上梁之後三辰即序庶政惟和邦畿符鼎足之安輔相協棟隆之吉二十四考休誇中令之賢材萬八千年共祝天皇之聖壽

九先生祠上梁文

薛友諒

道行天地之間固存消長世之聖賢之出孰與綱維欲開我後人必須先覺者濂溪先生圖立太極學契聖功發四端萬善之原扶三綱五常之敎幸親傳之明道而復授以伊川况康節之同時有横渠之行輩文正挺生于涑水南軒迭起于漢川在呂太史豈曰

小知至朱晦庵始爲大備歷子千載實惟九人視漢唐訓詁之徒尚陪從祀接孔孟湮微之統當有叢祠爰即州庠載嚴像設冀篤信好學之士啓見賢思齊之心縱有避秦人必願受廛而出於變離騷國須捨所學而從助舉脩梁恭陳善頌

抛梁東人在光風霽月中爲報儒源來學者精思力踐是豪雄

抛梁西先哲從游記鄠郿樂地一言良有悟更能談易撤皐比

拋梁南春染沅江一帶藍時不再來如逝水亟將伊洛學窮探

拋梁北斯文復振無楊墨集成今說考亭功畢竟是傳來魯國

拋梁上天根月窟閑來往欲將妙理向詩尋靜著上夫讀擊壤

拋梁下朝家咫尺求儒雅致君堯舜看成規通鑑一編無右者

伏願上梁之後師儒輩出理學大明廣性命道德之

傳贊禮樂文明之治揭兹盛典化及遐方

大次殿上梁文　宋本

太室奉先聆蠁之情斯在齋庭設次敬共之念彌與于以爲中嚴外辨之需于以構上棟下宇之壯配天其澤不日告成共惟皇帝陛下先祖是皇神明其德議禮盡致曲之道享親極如在之誠玉瓚黄流躬莅四時之祭龍袞玄冕力還三代之儀且聖人垂邃坐之規斯明主制齋心之地度閟宮之密邇掄良梓以經營繩直準平騁考工之斤斧芒寒色正　烱清廟之

星辰陛降彤庭往來黃道凡所以如聲音笑貌在其
上皆以其思居處志意于此中適穀旦之較涓致柏
梁之對舉爰歌六偉用相群工
抛梁東淑氣扶輿九廟中獻歲發春當禴祭太平天
子宿齋宫
抛梁西天子秋嘗執鎮圭明發有懷常不寐萬幾思
慮一時齊
抛梁南祠祭顏哀神所監登降周旋無過舉禮官還
秩聖恩覃

抛梁北大蒸歳祭騂牛一聖君方寸儘神通先正千
秋嘗配食
抛梁上三后在天時陟降風馬雲輿恍惚中神靈只
爲多儀享
抛梁下天子孝思天下化鬱金秬黍與菁茅錫貢紛
紛走諸夏
伏願上梁之後宗祐鼎安本枝益茂黼扆謹爾文子
燕翼縉紳執彝器而駿奔二世穆一世昭承配明禋
于文祖三年祫四年禘載隆純報于神孫　恭山四維

天子萬壽

元文類卷之四十七

元文類卷之四十八

元　趙郡蘇天爵伯脩父編次
太原王守誠君實父校訂

祝文

江南平告太廟祝文　王磐

踐祚守文雖奉巳成之業繼志述事敢忘未集之勳眷靖康亡滅之餘擅吳會膏腴之壤依憑江險壅隔皇風累興問罪之師猶守執迷之意逮戈船飛渡列戍土崩始悟前非方圖改過遂稱臣而奉表願納地

以歸朝宋王㬎已于其日月來至闕下其江南郡縣人民已委官撫治了當朔雪炎風盡書軌混同之地商孫夏裔皆蒸嘗助祭之臣顧沖眇以何功實祖宗之餘蔭尚祈昭監永錫休嘉

太廟火災告祭祝文　　閻復

維大德六年歲次壬寅六月癸亥朔十二日甲戌孝曾孫嗣天子臣某謹遣攝太尉中書左丞相臣哈剌哈孫荅剌罕敢昭告于太祖聖武皇帝于穆清廟對越在天便殿火災震驚神御聿懷懼省祗薦苾芬祖

考以寧來格來享

得玉璽奏告太廟祝文　王構

維傳國之守器爲歷代之珍符得自神皐進由憲長諭以僉言則脗合考之圖制則無差皆祖宗乎佑而致然亦祚胤隆昌之所繫是烝是享孔惠孔時以介壽祺以流曾慶　右第一室

昔黄龍薦瑞有虞肇基玄扈授圖周成襲祚誕膺景命夫豈無徵方忝嗣于徽音遽親承于鎮寶臺臣貢上良用惕然殆天相皇元啓萬世無疆之業抑如大

琮玄璧爲宗闈世守之珍靈貺之來盍知所自尚祈叶兆旣壽永昌　右第二室

閟宮儲祉德著神儀瑞玉來歸孝孫有慶矧在嗣徽之始進由耳目之官上以表信于神祇下以系隆于後嗣爰脩報典思媚大姜俾熾而昌長膺戩穀　右第三室

猗維瑞璧顯伏靡常麟質鳳章萬世所寶式當今日啓祐皇圖穀且于差告蠲致享以燕翼子于萬斯年　右第四室

加謚祖宗告祀南郊祝文

姚燧

維至大二年蒼龍己酉冬十月庚戌朔十有九日戊辰嗣皇帝臣某臣賴上天之祐祖宗之靈得以眇末之躬託于億兆京垓臣民之上持盈守成凡今三年身至太廟兩嘗祼將非獨于親立愛臣家庶亦孝治可先天下而祠官讀祝于太祖室惟曰聖武皇帝睿宗室亦惟曰景襄皇帝至世祖室則曰聖德神功文武皇帝名譽之美垂無窮者多及六言顧于創業之祖垂統之宗開我後人繼繼承承億萬維年者稱述成功盛德有所未盡心實欿然謹遣太尉尚書右丞

相臣其禋致牲玉燔柴泰壇昭告昊天上帝加謚太
祖曰法天啓運聖武皇帝睿宗曰仁聖景襄皇帝伏
惟圓靈居高聽卑灼臣微忱勑我祖宗歆此嘉詠臣
不勝感激戰栗之至

己卯春釋萊先聖文　劉因

聖代天言明告萬世寥寥方冊孰傳聖言天啓聖心
程朱將命堙晦浚闢聾聰瞽明謂當後人承此遺澤
孰云剽盗資我而文肆焉多岐孰會其一徒爲瞻仰
有側此心因早躁狂若將有志中實脆屈未立已頹

揆厥無成，實由貪懦時馳意去凛不自容顧念初心
怳焉如失今此關館惟我之求講學有徒進脩有地
研窮參訂亦復有書于古遺言于今學者尙有裨益
少慰此心但懼悠悠復循前轍惟神啓迪實有臨之

告峨山龍湫文　劉因

嗚呼一邦之望有峨惟山山之精深聚而淵泉山川
惟形有神棲之雲雷雨露神實司之今是邦之凶旱
極矣豈神之靈坐視而不恤哉豈雨暘之數出于天
非神之所得專也雨暘之咎由于人非神之所得而

釋也是以使神函蓄靈潤雖欲發之而不得也雖然山川之神受命于天而主祐下民者也今欲佑之而不得矣則當爲之請命于天昭昭在上安有不從由是言之神雖欲無責烏得而無責也且小民至愚窮且極矣而無所歸誠則惟淫昏之鬼是求夫淫昏之鬼乃神之所當屏黜而下民之衷亦神之所當誘相也今氣運已窮矣窮則必通或天降之雨則小民必歸功于淫昏之鬼而惑信愈篤孰能禁之今是邦之大夫致禱于神則是禱其所當禱矣既禱其所當禱

而當禱之神能隨其禱而應之以雨使既足[illegible]浹焉庶小民之愚知天地之間自有名山大川之正神實能闔闢陰陽而神妙造化而境內吏民之所當敬脩其壇壝潔其牲幣而事之而向之所謂淫昏之鬼者眞不足信矣如是則人情世教或自此而變之則鬼神之惠又不但一雨而已矣如其不然則是雲雷之澤神其不可思之旱乾之虐神實不恤之天命之職可怠而曠之惑邪之俗可助而成之又何望焉又何望焉敢告

封龍書院釋萊先聖文　　安熙

維大德十年歲次丙午秋七月巳巳朔越翼日庚午

後學安熙敢昭告于先聖至聖文宣王熙愚極陋總

角趨庭私淑諸人實始聞道自茲厥德欽誦遺編泝

本程朱上窺思孟以求經旨以探望心庶竭駑頑進

德脩業孰云不力中道而迷悲歎窮廬摧頹已甚雖

由病廢實亦惰偷內自省循枯落是懼茲焉感憤避

俗巖居追憶舊聞卒究前業洒掃應對謹行信立餘

力學文窮理盡性循循有序發軔聖途以存諸心以

行諸已以及于物以化于鄉或異有成不悖于道茲涓吉日載見祠庭肯酒蘋蘩式陳明薦尚靳啓迪實誘其衷庶假威靈不至大戾謹率諸生恭脩釋菜之禮用伸虔告

祭文

祭海神文　虞集

潮失故道犯我鹽官有司得防民力旣殫閱歷歲時靡濟茲害浙郡多下恐就淪敗民實何辜不德在予相臣來言交脩用孚乃勅中外悉智展力相爾有神

亦克受職我土旣固民生底安六府治脩報祀萬年

祭伍子胥文　　虞集

爾以忠隕主潮于吳潮今爲災吳其沼乎爾其揚靈具訓海若俾妥其常毋毋作民虐旣止旣安民遂有生爾作明神永有令名

祭國信使王宣撫文　　楊奐

維歲次癸卯四月丁未朔二十有一日丁卯某官某謹具清酌庶羞之奠致祭于故宣撫御史大夫國信使王公之靈嗚呼兩軍之間零丁數騎江湖十年風

霜萬里不知其幾往幾來而卒至于此乎人主察其深誠天下仰其大義鬼神錄其陰功簡策炳其高識然事之濟與否也非智力之不周或期運之未至不然以公之行不能决和事于一言載信書于萬世而使干戈相尋膏血塗地猶執迷而不已我公初年委身烈祖千載一時雲龍風虎蔡城旣下楚茅不來殺氣盤礴吞江噬淮義膽披露上心亦回使星南飛迓車擁路歡動牛斗歎其來暮應對欵曲不武不怒殷監弗遠請視全夏剖析利害略無假借我不彼欺彼

不我詐宴勞稠叠朝繼以夜歸奏龍庭君相交俞慮
後叅差或懷異圖公爲國許人爲公憂蛟鼉之淵而
堪再投公獨坦然汝無我尤我君我相寧不我謀丁
酉之冬公過陽平贈我雄篇出言甚誠兩國好合賴
子以成子才子名摇動江城適有家累莫顧其行公
實我知我自不能此所以含辛茹酸愧負于冥冥也
嗚呼哀哉頃聞使車淹留沔陽忽報江陵坐易星霜
宵夢飛飛不知在床玉溪東館金碧熒煌恍然門開
棘圍堵牆太山既裂始知不祥幾年金節炤燿南荒

一日漆棺歸來朔方將大限之難逃抑生靈之禍未央顧公之室豈無橐裝千金一揮廩無見糧賔客蕭條路人慘傷嗚呼哀哉我生後公仕及同時人之于公其孰不知我之知公獨與世而背馳陸公何人屈趙佗而朝漢闕終軍孺子攜長纓而羈南越無以成敗輒生予奪公之清衷遐略高名大節可以撼天壤摩日月而素志未酬徒賫恨于九原比余所以撫地大慟繼之以血也嗚呼哀哉尚饗

祭太保劉公文

徐世隆

維至元十一年歲次甲戌冬十二月望日博州路總管徐世隆謹以清酌庶羞之奠致祭于太保劉公之靈嗚呼天輿大元六十餘年王氣所鍾有開必先聖不獨出衆賢從之聖賢相逢千載一時巖巖劉公首出襄國學際天人道冠儒釋初冠章甫潛心孔氏又學禪眞復叅靈濟其藏無盡其境無涯鑿開三室混爲一家逆知天命早識龍顏情好日密話必夜闌如魚得水如虎在山易地諸葛彌天道安道人其形宰相其心誰其似之黑衣惠琳數精皇極禍福能決誰

其似之邵君康節詩詠高逸方外神遊誰其似之碧
雲湯休字畫清勁筆中法具誰其似之黄山文孺扈
從王師柔服哀牢公于是時蜀之韋皐堂上出奇鄂
江飛渡公于是時晉之杜預天王既尊山人自晦公
于是時唐之李泌相宅卜宫兩都竝雄公于是時周
之召公中統建元宣撫十道多舉名儒親草其詔至
元入省命贊萬機暫决大議力辭以歸上亦知公不
屑細務止解中書仍居保傅官制未定公圖列之朝
儀未肅公奏閲之方其弘化儀形萬方天遽奪之今

也則亡生平少疾質明猶唱開户視之掩書長往天
子震悼朝臣涕洟下至行路靡不哀思國事有疑誰
與稽之民歲有災誰與禳之僚友有咎誰與救之人
之老成寧復見之曩過趙郡識二大士曰蕭曰劉器
量包世混迹佛老心同孔周仁雨義風欲灑九州蕭
已先蜕獨餘藏春栽培桃李偏滿君門身爲師賓門
多卿相生被殊遇殁獲大葬公既無憾我獨何悲第
愧老繆嘗辱公知愛我文辭許我典故視草翰林持
衡文部公非私舉我豈懷恩言念知舊往哭其墳南

州孺子生芻一束奠章寫心老淚盈掬嗚呼哀哉尚
饗

祭硯司業先生文

滕安上

至元巳丑十有二月其日門生國子博士滕安上謹遣子羽以清酌庶羞之奠致祭于司業先生硯公之靈士之文章與世汙隆百年以來南北不同惟公述作有稽其中學者師之知所適從士之志操與齒盛衰一生之間終始自違惟公抱負白首不移學者仰之得其表儀于戲敎授東垣淵淵乎經義之學司業

成均表表乎忠孝之敎其起之暮也固非淺淺之可議其去之果也又非庸庸之可効公之歸老猶振頹波遽云逝矣爲之奈何八十雖壽在公匪多聞公易簀了然不亂平生之守于此益見自公之歸夢寐見之兒于永訣無復見期一官羈人送不及尸千里致奠寓哀一詞

祭魯齋先生文

呂端善

公之道在天地德在人心行義在朝廷功業在後世者章章表表如日之在天如泉之在地爲門生者不

嘗以是瀆陳之惟其私心之不能自已者敢以告之
公之生以扶人極振人綱爲心沒而不應肯忘也今
人極其立乎人綱其明乎下土芊芊豈無才良間有
作者敢希厥成言語不通趨詣不同聞望不崇誠乎
不隆猷之雖遠群呼四訌謂角而童謂雌厥雄使公
而在猷難厥終公而已矣疇能奏功維蒙古生嶷然
古風稔公之教在耳蘊公之化于躬雖所賦有厚薄
所得有纖穠惟公擇其尤者相之導之以陰誘其衷
使之默識心通視明聽聰謀嘉慮忠言行諫從則可

以輩國家無疆之祚惟寧永生民無疆之休惟洪則我後人于子于孫亦叨居于至化之中生也望于公沒也又望于公于以見生民之心望望于公者無窮也

魯齋先生陞從祀祭文　許約

維皇慶二年六月十四日癸酉欽承綸旨以先師文正公魯齋先生列于大成至聖文宣王從祀之位門人許約等謹以清酌庶羞之奠合辭而祭之曰自太極判而人文開包羲作而卦畫始備物以致天下之

用成器以爲天下之利蓋肇乎乾坤者惟一理盈乎宇宙者惟一氣人倫由是而明萬事以之而理王之所以王帝之所以帝百世同符有一無二迄于周衰篤生聖人有德無位遭時之屯周流天下而不我用乃獨任乎斯文明王道于已晦振綱常而再新顔曾再傳而得子思至孟子獨不迷其津泯泯棼棼歷歲時之既久承承繼繼乃寥廓而無聞迨乎有宋實生周子畫無極之太原爲萬物之根底扶泰山已摧之巔發千古不傳之秘淵淵河洛大暢斯旨天理之微

人事之著鬼神之幽至于子朱子而大備天眷皇元我文正公實有得于此也合衆議而有歸惟前賢之是證既縷析而毫分亦提綱而振領盡小學之精微爲後人之龜鏡言仁義必本諸身言道德必由乎性動靜必循乎禮終始不忘乎敬春風藹然物我融會氷壺瑩然表裏輝映出而佐時也必欲厎雍熙之和進而事君也必欲止唐虞之聖事必探乎幾先俟其久而乃應言治亂之所生盡天人之交勝其高也入于無倫其近也不離于日用叙天工而振王綱正人

心而祈永命觀其運用天理而見諸行事者欲名言而奚罄耶蓋嘗思之以百年凝道德之身千載繼絕學之志由布衣而起田野總庶官而宅百揆明曆象以授人時創辟雍而敎胄子忠言亹亹氣不少衰爲學孜孜老而後已蓋其所造者深所積者廣舉而措之事業者獨高乎一世非義精而仁熟道全而德備者疇克爾耶宜乎聖天子念之不忘崇以魏國之封褒以文正之謚又欲嘉惠後人也乃命列于從祀之位既相其子又撫其孫猶諄諄而不置也況約等親

出其門提耳之言面命之訥天地純全古人大體朝焉夕焉誘掖諄至容聲謦欬不遠伊邇嗚呼昊天罔極之恩仰而思俯而戚曷其有旣耶

祭康先生文

王思廉

翰林學士承旨致仕王思廉致祭于故國子博士康先生之靈而言曰吳楚奇材楩楠豫章下蔽牛馬上摩穹蒼脩直堅緻可棟可梁斧斤以斯之不得締構乎明堂渥洼異種緑耳飛黃過都歷塊電掣龍驤以駕大輅和鸞鏘鏘困于鹽車弗獲馳騁乎遐方先生之

學經笥書囊先生之才錦心綉腸硯草北門制禮奉
常外而藩宣內而贊襄何施匪宜皆其所長進用無
媒竟老國庠猶木之不遇于匠石驥之不遇于孫陽
噫嘻孰維孰綱孰主孰張吾欲問之神理茫茫者莫
已矣識者歎傷雖然有德以化其鄉有文以流其芳
愈遠愈思愈久愈光是之謂不亡

祭徐承旨文　　李之紹

維大德五年春二月辛卯中書平章政事賽典赤等
謹致祭于故翰林學士承旨徐公之靈嗚呼古人有

言人材實難撫治論賢遺世永歎才與時夸識局于器文勝自敷授事則蹟偉哉通儒慨惟容翁蚤奮其辭乘時之隆肆其餘長見于治功出入中外日亦有歲素髮滿幘歸掌帝制渾渾周誥我庶見之謇謇廷議我庶選之朝有老成衆與有慶孰云其去有不惆悵君子之心夙夜本朝忍失去之以遠爲超劃爾歸盡嘖嘖稱遽身有遺用永蓄弗著千里寓哀匪哭其私國之遺老我寧不思

祭袁學士文　　虞集

昔在故國寓都海邦乃睠鄞越視漢河陽王公近臣
專邑列府卿士以還民莫或數公生其間不靡不矜
師友是求問學是承先宋旣亡文獻淪墜遺老或慭
力接淵懿家藏多書侔昔石渠下至琴奕亦最其腴
博學洽聞瑰偉精瑩人無間言公亦自信我從草茅
或援起之公以賞延後先京師于時同朝多士濟濟
公獨我友尚論其世制作討論必我與聞或辨或同
有定無誼公泰而舒我蹇躉跛三十餘年亦多契闊
公在禁林益躋華階人曰孔宜公曰足哉歸而寄書

曷我慰我亦喜優游自詑其果曰易春秋曾與予談將卒成書恐老弗堪老不廢學唯予與爾終訂無忘庶其在予言猶在耳俄以訃來噫天生公乃止斯哉儒林木萎璧府星隕伊邦之瘁伊道之閔區區深悲遠莫致之託公鄉人致茲哀辭公聞之乎不聞之乎

哀辭

平章政事廉公哀辭

李元禮

嗚呼哀哉識公于生之日哀公于死之後者人情也哀公于死之日昧公于生之前者人情乎嗚呼識而

哀一人之私哀也哀而不識天下之公哀也方公之
在相位也朝廷倚之以爲重四夷賴之以爲安萬民
化之以爲治陰陽調和而品物無不遂矣及公以病
去位也天下皇皇祝公無恙豈期沈痾反復而竟不
起矣嗚呼哀哉蒼天蒼天果蒼蒼耶胡爲遽奪公以
亡耶伯夷之清伊尹之任魏徵之良耶其忠魂正氣
散在天壤間幾世幾年復爲賢相耶不然將升而爲
星辰峙而爲山嶽流而爲海爲江耶嗚呼作善降祥
不善降殃何此理之反常而不可明耶故余誄公以

辭者蓋非一己之私傷亦以公天下之哀而哀萬民
之失所望也

林處士哀辭　　袁桷

道家言黜聰明去健羨形神始完是果爲得道耶古
者上壽百二十歲竊不死之說者曰脩之益眞其道
彌親壽而與德與名君子恥之故脩短有命遺壽焉
猶可言也名德不至則澌盡腐滅又安所取哉古之
人若是者衆矣今得一人焉曰林寬字彦栗形臞而
器温其于學也汲汲然逐日以補有不足焉則力探

簡策以自證其爲文必達于理而始精于詞謂詞者
載理之具也理不足焉詞雖精無益者深思以求之
傍取傳記之說勦絕傳會據宗統原以會于一復懼
其未盡是也則祕重自念將周游四方闕疑廣聞目
擊而心領焉噫若可謂勤已矣道散于九流百家彌
綸者至矣其弊有不勝言者汎濫俚雜尸坐瞠目漸
入于無聞之傳予嘗察彥栗知其心有深憂者焉余
始見于姑蘇氣和以謙再見于京師愀然以思取士
之道非一嚴畛域析豪髮有司者之過遺逸不舉則

凡我徒在官者誠有罪彥栗志不在是推彥栗之志在問學爲之而不果就若是者眞有命矣悲夫延祐六年三月卒于京師年三十有九其弟宇友謹哭且曰吾必奉喪歸吳興吳興吾先人所藏遂爲詞以申其哀焉辭曰

氣清明兮受元陽德弸中兮闇以章挈太古兮儼九皇播挈精兮瓊圃芳力未具兮志則專一葦渺兮濟巨川慨不進兮道遠邅白晝速兮陰風旋數實紀兮吾何從路孔脩兮神獨還靈旐遷兮木葉丹儼夫人

兮在空山玉蓉冠兮紫佩蘭

丁文苑哀辭　　許有壬

哈八石取父字姓丁字文苑于闐人與予同登乙卯進士第倅固安州椽左司除禮部主事予佐吏部故游從爲多改祕書著作拜監察御史又與予同官南坡之變梟獍黨與列據津要文苑康里子山暨予實同論列遷戶部員外郎予在左司計事率相見俄僉浙西道廉訪司事遂間南北予居武昌適移湖北新御憲官各色用止一人長憲者同出西域即日引退

臺報不允文苑曰無例且退持疑文冐進可乎堅臥
不起予跧居絕人事獨相往來鵠山楚觀之絕頂梵
宮琳宇之僻地荒城廢壘村居埜池靡不至焉時絕
江登大別宿郎官湖賦詩談論無虛日一日把酒相
屬曰人生離合有數君閒我退針芥相投但恐造物
見妒不終遂此先子監祁陽縣有惠政潛德未章子
亟銘之予不獲辭焉未幾予除兩淮轉運使文苑移
山北郢報同日至山北置大寧古白霫地去京師東
北尚八百里陸不可挐家水縈紆五千里扶病擁幼

殆不能爲謀予官楊州崎嶇來過曰我非漬于進也
主上新政不敢不行而老幼累我且都而杭杭而鄂
鄂又山北有力且疲況貧乎鄂不可留揚米貴亦不
可居杭吾樂之穀又差賤且其人德我吾謀定矣迺
命諸子買舟而東獨挈一小僕乘傳而北予留之飮
三晝夜而後去酒中嘗曰我作事素勇今殊猶豫何
也予戲之曰人改常不佳君豈厭世耶迺笑曰昔溫
公記宋子才㬥詿其言偶驗我不信也因出臂示其
堅實曰斧吾擊亦不死也於虖今乃眞死矣蓋將方

大疫暑行至東平主僕皆病歸抵淮安卒于舟中至順元年六月二十三日也郡大夫率其國人葬之予既爲位哭遣人省其墓告其家子慕禼迎柩歸櫬舟餞別之地哭爲之慟監縣公葬祁陽遠不能祔予欲蜀岡買地處之慕禼曰杭西山先人所愛因可守也遂謀葬焉毋子力不能舉漕司暨他官府若嘗往來共賻之得楮幣中統餘萬緡既襄事餘可經理其家淮東憲長答里麻嘗同官閔其貧請賻于朝不報初文苑爲固安隸京號難治民劉奉益橫甚塞祈烹五

十羊聚群不逞震動里閈執而發其推埋焚剽數十
事度不解逸去反肆誣構詔大官雜問禁中辯折明
直劉寘于法築堤堰三百里河以不害兩道凛然折
强暴如拉朽蜀兵未戢按部直要衝布置施爲若老
于兵者統兵省臣薦其有將帥材可治邊事云内外
持憲知無不言制吏輩噤不得出一語平居論事慷
慨歷落一坐盡傾遇事則奮發勇往無前長于觀人
某邪某詐默以相告後輒多驗作歌行豪宕如其人
古詩清粹皆可傳也延祐初朝廷始以科舉取士天

下之大才五十五人出官四方或儒于施或汚于賄歷歷在人得免訴議如文苑者可數而天復中道盡之於虖惜哉予昔銘監縣公謂其多善未報當在文苑今文苑壽才四十有七賷志以没此又何耶豈天又尼其身而大其後耶天道是耶非耶予益惑矣嘗獨坐閱同年錄十六年間爲鬼錄者十五人矣尚忍以區區聲利置胸中乎或者視爲四海九州之人恝乎無情予不忍也慕内將狀其行實求予爲銘而其狀未至爲之辭以發其槩且以寫予哀云天之生才

兮亦孔之艱前不知其幾世兮後復幾年何林林之
百萬兮獨靳于賢嚚方適用兮陶復不堅雲未雨而
掃蕩兮華未實而摧殘豈矰繳之在天兮惡有翼之
高騫冥冥之中兮孰司其權昔君之北兮歌呼水堧
今君之來兮丹旐翩翩藥善匪良兮道路迍邅妻子
睽隔兮良友棄捐我哀曷忘兮我言曷殫西山蒼蒼
兮惟所便安玉樹森立兮澤流有原冀伸于後兮以
報其前破不可完兮逝不可旋惟生無愧兮雖沒猶
存脩短有數兮吾其舍旃馬革牖下兮非蟻則鳶九

原有知今其然不然

諡議

何忠肅公諡議（榮祖）　虞集

嘗聞善相天下者葢必本忠厚之心廓容受之量明事理之識周經營之材極久遠之慮躬負荷之責而後可庶幾也是故待事有先幾應變有餘智持久有定功處物有成謀其功業始可得而論矣若命與時遇位以倖致者克數之羞欺世之禍彼且無逃于天地之間生民何賴焉觀于至元大德之間以大臣贊

國論不爲近利細故所動搖本之以祖宗之舊典定之以禮律之微意以成天下之務者平章政事何公何可少耶公爲御史中丞時權臣用事數爲所危公守職不變終以是去位天下之望固已在公矣成宗皇帝在位完澤公之威重沈毅荅刺罕公之仁明正大實相左右朝多君子正人而公獨以耆老精練彌縫條理于其間豈漫焉嘗試而爲之者哉卒能成太平之盛非偶然也然于是時好功興利之徒間出其間偵國家財用之急積慮密講將有所作爲議數上

公必正坐堂上奮仁者之勇明日張牓諭民命國體之所以然發言折其謀使不得行耕田鑿井之民晏然無所顧慮以遂其生理于當時者公存心之最著者也敭歷臺省數十年皆要官重任然衣服飲食之奉儉約不異于儒素身死之日賜金給用之外略無餘貲此其立志非常人所及宜其所成就如此謹按謚法廉方公正曰忠執心決斷曰肅請易公名不亦宜乎

陳文靖公謚議　儼　　虞集

昔者有道之君子内充然而有餘無所待乎外也未嘗求用于世亦未嘗不求用于世也有天下國家者知其有道尊敬而信用之則爲之出于是應之以文學政事隨施而見不爲喜幸不用則不爲變移其志大矣然或者假事以自售已見用而無足以行也則以偃蹇日取盛名終身不一試謂古今爲可誣也耶故翰林學士陳公方盛年時閉戶讀書未始有求用之心及爲朝廷所用諄諄然視其職事之所在而謹奉之略無厭常喜奇高自標致之意始終清要益迫

而後動動而後應定而後就恒無心于其間此其視無能而求用避事而取名以傲忽欺罔一時者爲何如也故其高文大冊以華國者皆舒遲溫厚之言横經論道以淑人者皆文質兼備之教論禮則欲脩一代之經司刑則知先無訟之本至于處己接物溫恭退讓君子視之則樂其雍容小人仰之則失其鄙暴謂之大儒先生斯無添矣謚法道德博聞曰文仕不躁進曰靖謚曰文靖其合公之行也哉

姚文公謚議 燧

柳貫

天地眞元之氣一會則聖神代作楊熈秉耀乘華協瑞以開太平而必有不世出之臣挺生其間攬結粹精敷爲制述于以增煥盛德大業而聳之三五載籍之上蓋數百年而得一二人焉其有關于氣運者如是豈徒乎文哉乃若先正魏國許文正公之在吾元實當世祖皇帝恢拓基圖之始倡明道宗振起來學一時及門之士獨稱集賢大學士姚公燧爲能式纂厥緒以大其承然觀公之言而考夫文正之學則其機籥之相須殆不啻山鳴而谷應雲起而龍翔也故

大德至大皇慶之間三宗繼照天下乂寧而公之文章蔚爲宗匠典册之雅與詔令之深淳固已抉去浮靡一返古轍而銘志箴頌之雄偉光潔凡鏤金刻石昭德麗公者又將等先秦兩漢而上之以闖夫作者之域排沮詆訾不一二而家傳人誦已十百雖欲掩之孰得掩之哉他日良史執筆以傳儒林則公在文正之門豈直儕之游夏而已也易曰黃裳元吉文在中也然則以之節惠公奚慊焉謹按謚法博文多見曰文敬直慈惠曰文請謚之曰文

蕭貞敏公謚議𣂏　劉致

聖王之治天下也必有所不召之臣蓋志意脩則驕富貴道義重則輕王公蟬蛻塵埃之中翱遊萬物之表不事王侯高尚其事者以之傳曰舉逸民天下之民歸心焉故必蒲車旌帛側席以俟其至輿以勵俗興化猶或長往而不返亦有既至而不屈則束帛戔戔賁于丘園者治天下者以之也于吾元得二人焉曰容城劉因京兆蕭𣂏君始由平章咸寧王野仙薦世祖徵不至授陝西儒學提舉繼而成宗武宗仁宗

累徵授國子司業集賢直學士未赴改集賢侍講又以太子右諭德徵始至京師授集賢學士國子祭酒諭德如故尋得告還山年七十七以壽終士君子之趣向不同期各得所志而已彼不求人知而人知之不希世用而世用之至于上徹帝聰鶴書天出薜蘿動色巖戶騰輝猶堅臥不起不得已焉始一至卒不撓其節不隳所守而去亦可謂得所志也已方之于古則嚴光周黨之流亞歟雖其道不周于用而廉頑立懦勵俗興化之功亦已多人且其累徵而不起暫

出而即歸不既貞乎以勤自居其好古好學之心不
既敏乎按謚清清白守節曰貞好古不怠曰敏請謚
曰貞敏

元文類卷之四十九

元　趙郡蘇天爵伯脩父編次
太原王守誠君實父校訂

行狀

中書左丞李忠宣公行狀　姚燧

公諱德輝字仲實世居通之潞縣曾祖某祖全再世不仕考朴尚書吏部主事姚宗夫人生二子長德英德芬季公吏部君生三十九年且卒指公謂宗夫人曰吾爲吏治獄不任悍鷙刻削人蒙吾力脫罪罟齒平民者

衆天或報施善人是兒其大吾門者勿憂貧且賤公
方五歲哭之如成人家纔儲五升菽夫人舂蓬稗爲
糧芼藜莧爲菹活之荒歲既就外傅嗜讀書束於貧
無以自資輟業十六監酒豐州祿食先足旨甘有餘
則市筆札錄書夜誦不休夫人以過耽苦慮傷其孱
薄也爲滅燭止之已乃厭糟麴歎曰志士顧安此也
耶仕不足以匡君福民隱不足以驩親善身兩間之
間人壽幾何烏可無或有聞死同腐草木也絕少年
輩不游召其所親與率一時名公碩儒歲丁未用故

大傅劉文貞公秉忠薦徵至潛藩俾侍今皇太子講
讀薦故翰林侍讀學士竇默故宣撫司參議智迂賢
皆就徵癸丑先朝封周親割京兆隸潛藩擇庭臣可
理賦者使調軍食實出公從宜使辟故眞州總管高
逸民自佐時汪忠烈公始宿兵利州扼四川衿喉規
進取數萬之師仰哺於公乃募民入粟綿竹散幣集
之或給鹽劵使歸京兆受直陸輓興元水漕嘉陵一
年而錢粟充棟於軍中宋臣余玠議棄平土即雲頂
運山大獲得漢白帝釣魚青居苦竹築壘移成都蓬

閭洋夔合順慶隆慶八府州治其上號爲八柱不戰而自守矣蹙蜀之本實張於斯丁巳深峻用事臣大集關西河南諸臣入計局以中嘗爲潛藩用者文致多方於公獨無絲髮得已未從南征至鄂留後行營庚申以爲南京經畧使再月又以爲北京宣慰使其年皇帝即位中統改元五月又以爲燕京宣撫使燕多劇賊造私幣雜眞行民間陰結死友相誓復仇怨殺人公悉捕誅之雖中書開府在燕令行禁止多不上白由是忤時相意以誣去位從北征還守北山諸

關三年惡已相反誅以爲山西宣慰使罪權勢之籍
民爲奴免而良者將千人至元改元罷宣慰司授公
嘉議大夫太原路總管兼府尹至是潛藩故臣相無
有出爲二千石吏者上以太原難治故留居此會我
先左丞公當分省遷調山西湖東世職守令即遣諭
旨公拜稽首曰陛下以臣堪一縣俾爲令臣烏乎可
擇況以千里寄治非材大懼任使不稱以傷陛下之
明敢薄之耶自爾愈益勤勵崇學教以明人倫表孝
節以善風俗逐姦贜以剔民賊裁婚葬俾師簡儉敦

耕桑以富生理之出立社倉以虞水旱之歉一權度以絕欺詐之擾嚴鼓柝以警奇衺之覬凡可與民漸摩仁義者無弛不張嘉禾瑞麥六出其境滿秩左部差功最天下右部考過惟草竊盜不獲一人五年徵入爲右三部尚書人有由訟財而失其兄子者公曰何疑焉叔殺之也深竟其獄公所信厚及權貴言可撼公者莫不請求保爲衣冠之族無有是也皆漫不爲應懸已俸爲賞購之其家人果上變告情狀呈露言者慙服叔竟以是病死俄轉戶部尚書事無大小

必決之一日書判煩勞指爲之璽七年會上以蝗旱爲憂俾録山西河東囚行至懷仁民有魏氏發得木偶持告其妻挾左道厭勝謀殺已經數獄服詞皆具自以爲不寃公燭其誣召鞫其妾栲掠一加服不移晷蓋妬其女君謂獨陷以是罪可又殺之也即直其妻而杖其夫之溺愛受欺當妾罪死觀者神之或咨賞泣下八年授中奉大夫參知北京行尚書省事九年罷尚書省以故官參知北京行中書省事京南徙水歲泛溢至城下爲患公築堤捍去皇子安西王有

土關中之明年當十一年奏求公輔己以故官改安西王相至則視瀕涇營牧故地可得數千頃起廬舍疏溝澮其中假牛種田具賦予貧民二千家屯田最一歲入得粟麥石十萬芻槀束百萬公是來也貧不能從妻子留之京師事或上聞賜錢二千緡遣之明年詔以王相撫蜀其年重慶猶城守東西川各開樞府合兵數萬人圍之公至成都兩府爭遣使咨受兵食方畧公危語動之曰宋今旣亡重慶以巨擘之地不降何歸政以公輩利其剽殺不得有子女懼而來

耳不然他日兵未嘗戰及招討畢某偕中使奉璽書來赦最宜正言明告嚴備止攻以須其至反購得軍吏杖之爲僞得罪懷之入降水陸之師雷鼓繼進實堅其不下也中使不喻詐計竟以不奉明詔反命如是者皆公輩玩寇彊埸心迹之著白者況復軍政不一相訾紛紛朝夕敗矣豈能必成功爲哉兩府多致金帛子女爲謝曰我捷與人法令所不禁也公讓不受出未至秦瀘州畔而重慶圍果潰再退守瀘州十三年秋也明年詔以不花與公代爲西川副樞公兼

王相大軍既發公留成都供億食饟支半月賦粟繼之官船不足括商民船千艘日夜督運其年復瀘州十五年重慶之圍再合踰月即下紹興南平夔施忠播諸山壁水栅隨之皆下而東樞府猶故將也懲前與西川相覬望致敗惡相屬願獨軍圍合州初公撫蜀徑東川歸以爲重慶帥閫受圍必徵諸屬州兵盡銳拒守合州宜虛誠使諜人持書曉之兵隨其後亦制合一奇也即出合俘繫順慶獄者縱之使歸語州將張珏以天子威德遠有宋室淪亡三宮皆北又頌

聖量含弘錄功忘過能早自歸必取將相與夏呂比又爲畫反覆禮義禍福譬解其言以爲均爲臣也不親於其子孫合之爲州不大於宋之天下子孫舉天下而歸我其臣顧偃然負阻窮山而曰吾忠於所事不亦甚惑乎昔也此州人不自爲謀求去就者以國有主寧死不欲身被不義之名故爾得制其死命主今亡猶欲以是行之則戲下以盜賊遇君竊若首以徼福一旦不難也其說累數千百言又約書言爲檄刊木於山浮板於江珏未及報而公還王邸至是合

遣李興張郃十二人者詗事成都皆獲之當斬復爲
書縱歸使喻其將王立其言如喻珏者而益剴切與
王立亦計夙與東府有深怨懼誅復與等導帥幹楊
獬懷獄書間至成都降公從兵纔數百人赴之東府
害其來爭有言前歲公爲書招珏誠亦極矣竟不見
審無功而還今立珏牙校也習狙詐不信人特以計
致公來使與吾爭垂成之功延命晷刻耳未必定降
定降公冒吾圍而來受何物覩我必不汝進公曰前
歲合以重慶存故力可以同惡今也孤絕窮而來歸

亦其勢然吾非攘若功者誠懼汝憤其後服誣以嘗抗蹕先朝利其剽奪快心於屠城也吾爲國活此民豈計汝嫌怨爲哉即單舸濟江薄城下呼立出降安集其民而罷置其吏立德之輿金玉飾少艾爲謝公曰若以吾爲是來耶吾無事乎此其持往餽之東府合人自立而下家繪事之川蜀平復以王相還邸是年王薨公感其受知深而悼夫棄國之蚤也哭之幾不能生十七年詔公與南省參政程某即其地聽思播湖南所訟鎮遠王平田會西南夷羅氏鬼國叛劫

詔雲南湖南四川合兵三萬人誅之前茅及境矣公曰蠻夷無親爲俗吝貪始由邊將撫之失策積怨以叛好事之臣請加兵誅旁諸小夷洶懼相擅繼叛者必衆恐非直三萬人能歲月平也吾賴天子仁聖馳一介之使招之可坐俟其徠豈必煩兵不及以聞遣安珪止三道兵張孝思諭鬼國降其酋阿察熟公名問曰是合活李公耶其言人曰明信可恃即日受命身至播州降語且泣曰吾屬百萬人非公惠活寧鬭死不降事畢驛聞上爲之開可改鬼國爲順元路以

其弟阿利爲宣撫使其年王相府罷十一月二十一日始至黄平是夜也星如斗實館垣外公弗善也歎曰他日嘗夢圭烏江今播水適名烏江與是星皆吾死徵也夫吾嘗誦馬伏波老當益壯之言而奇曹武惠爲將不殺得今活羅鬼馬革裹尸歸何憾二十七日卒後七日資政大夫中書左丞安西行中書省之命下蠻夷望轄車爲位祭且哭者動百千人塗所經男女空家咨嗟聚觀合之安撫使立衰絰率吏民迎哭傾振山谷爲發百人護喪達興元上聞而悼之贈

光祿大夫中書右丞諡忠宣公賜錢二千緡具葬先
妃嗣王遣前僉書王相府事孛羅賻錢五百緡具奠
明年僉播州安撫司事何彥抗章請即州治之東爲
廟制曰可薨年六十二夫人胡氏前公卒今夫人某
氏子一人嘉議大夫安西路總管兼府尹諸軍奥魯
頊也女二人長適嘉議大夫禮部尚書劉秉恕幼在
室嘗槩公平居以先夫人剛嚴其弟宗亨有小過對
衆奮杖撻之不少惜公若何而驩奉使未嘗有厲色
遽言其亦能子哉二兄旣位不大耀於時每分吾有

不至以寡乏見告其盡禮姊氏不以語人人知爲姑若從母不以爲兄弟也與人交誠易炳白不張城市機穽不面爲許退與他人語必諄諄暴其人所長而韜其不及至繩檢姦慝奮發忿急不能容其過然亦不能留怨惡於胷中雖舊欲擠已入不測淵者事已輒忘之畧無校言復意自奉甚薄有積則施之不爲子孫他日計西川副樞上嘗賜以玉帶錦衣錢二千五百緡止留其服物餘悉分之親戚賓客一日而盡人問之則曰曩吾家多責券縣官憐而賜償之無負

矣吾貴而薄功又可富而厚享耶不思而兩有之神不福人幸以是人曰我貧吾利器也故自入官非素所往來有相答報者未甞恃形勢取一錢直餽再爲尚書權臣力能生殺人恥公共事累年足跡獨不及吾門以祿薄用奢爲言願奉母錢百金交驩令取子自益郤之亦不爲謝王相七年及事先王五年言必切切臣職子道請聞斯行以絕事嫌簡約侍衛以裁浮費無急土木殫匱民力者中外所厭誦凡人賢而有聞滿調將東歸必薦汲之王陞秩留之故關輔得

士爲多皆覩爲已職當然未嘗語人由我而然以期見德遇事謹敏好謀善問多不自用及其末路生人之心愈切取信蠻夷聞其諭招椎結荷旃竭慼慕義三道之兵爲之抑首思徼利於萬里蓋成功於一介賁星烏江馬華包樞斬木通道畀歸要荒抑嘗觀今中統以來將相臣死卒於其家天下之情稱其平生所爲功高者惜德大者思不過如是而極然未有若公逢掖死事爲世所壯者也嗚呼賢哉又嘗觀古君臣莫難於合莫尤難於信盖合或可伺所欲以中而

信則必不可襲取於一時自公始侍潛藩聖皇非遽貴之地亦嘗身接之面談之指受之親以細微觀其敬忽置之糾紛試其理解譬以雷霆察其變常納之汙濁驗其潔白既久而後知遇也其後三十三年之中或使或牧或從或留或相或傳諸侯王或將凡賞勳勞優者舊可以勸人臣者公皆與爲之至商論群臣能否於公不曰清則曰剛或曰不欺不見有貶於聖訓用未盡年未耄人猶未足其悲受任於已試知遇於既久可與疇咨海內者將不知誰在也嗚呼悲

哉後三年頍彙進遺事求狀公行燧亦荷公知且久遊其門又與頍嘗同受學義不得以不文爲讓姑爲論次如此奉議大夫陝西漢中道提刑按察副使姚燧謹狀

翰林學士承旨董公行狀　　虞集

公諱文用字彦材眞定路槀城縣人元帥公第三子也公生十年元帥公死王事于歸德母李夫人治家嚴伯兄忠獻公文炳敎諸弟有法公内承家訓而外受學侍其先生軸故學問早成弱冠以詞賦試中眞

定時以眞定槀城奉莊聖太后湯沐歲庚戌太后使擇邑中子弟來上公始從忠獻公謁太后和林城世祖皇帝在潛藩命公主文書講説帳中常見許重癸丑世祖以憲宗皇帝命自河西征雲南大理忠獻公在行公與弟壽國正獻公文忠先在軍中督糧具贊軍務丁巳世祖令授皇子經是爲北平王雲南王也又使爲使召遺老於四方而太師竇公默左丞姚公樞鶴鳴李公俊民敬齋李公冶王峰魏公璠偕至於是王府得人爲盛己未世祖以憲宗命取宋公發沿

邊蒙古漢人諸軍理軍需將攻鄂州宋以賈似道呂
文德將兵抗我水陸軍容甚備九月世祖臨江閱戰
忠獻公請曰宋恃江爲險兵力厚法當先之奮其氣
臣請先公與正獻公固請偕行世祖親料甲冑擇大
艦授之乃率敢死士數十百人鼓棹疾呼奮進直薄
南岸諸軍亦爭進宋軍來赴戰三合三敗之公乘小
舟歸報世祖世祖方駐香爐峰因策馬下山問戰勝
狀則扶鞍起立竪鞭仰指曰天也即賜卮酒使主帳
下宿衛且令傳令他帥曰今夕毋飲酒毋解甲明日

將圍城既渡江會憲宗崩閏十一月師還庚申世祖即皇帝位建元中統公持詔宣諭邊郡且擇諸軍充侍衛七月還朝中書左丞張仲謙宣撫大名等路奏公爲左右司郎中二年八月佩金符以兵部郎中參議都元帥府事三年山東守臣李璮叛據濟南從元帥闊闊帶統兵伐之五月而克其城璮伏誅山東平元帥卒公還都元帥阿朮奉詔取宋召公爲屬公辭曰新制諸侯總兵者其子弟勿復任兵事今伯兄以經畧使總重兵鎮山東我不當行帥曰潛邸舊臣不

得引此爲説公病不行五年以元至元之歲也上曰
董某安其年始壯不使爲國効力令安在召授金符
爲西夏中興等路行省郎中中興自渾都海之亂甫
定民間相恐動竄匿山谷而省臣方入奏同僚不知
所爲公曰吾死不可以去此宜鎮以靜乃爲書置通
道諭之然後粗安始開唐來漢延秦家等渠懇中興
西涼甘肅瓜沙等州之土爲水田若干於是民之歸
者戶四五萬悉授田種頒農具更造舟置黃河中受
諸部落及潰叛之來降者時近屬貴人曰只必鐵木

見者鎮西方其下縱橫需索旁午不可會計省臣不
能支公坐幕府輙面折以國法其徒積忿譖公貴人
怒召使左右雜訊之意叵測公曰我天子命吏請得
與天子所遣傳貴人者辨天子所遣傳貴人者中朝
舊臣嘗事莊聖太后來詰問公不承貴人肯意狀公
曰我漢人生死不足計我所恨者仁慈寬裕如貴人
以重戚鎮遠方而其下毒虐百姓凌暴官府傷貴人
威名於事體不便因僂指其不法者數十事詰問者
驚起去白貴人即召公謝之曰非郎中吾殆不知郎

中持此心事朝廷宜勿怠自是諸不行而省府事粗立二年入奏經畧使宜還以上旨行之中興遂定三年行省罷還京師命公爲中書省左右司郎中辭之五年立御史臺授公山東東西道提刑按察副使以仲兄右衛親軍千戶文蔚卒不及赴八年立司農司授公奉訓大夫山東東西道廵行勸農使十一年三月加朝列大夫勸農使如故山東中吏叛亂多曠土公廵行勸勵無間幽僻入登州境見其墾闢有方公爲詩表異其守移刺今刻石在州治於是列郡咸勸

地利畢興五年之間政績爲天下勸農使之最十二年丞相安童公奏公爲中順大夫工部侍郎代紇石里紇石里者阿合馬私人也其徒間安童公罷政即使鷹監奏曰自紇石里去工部侍郎不給鷹食鷹且瘦死矣上怒趣召治之因急逮公入見上望見曰董某顧爲爾治鷹食者耶置不問別令取給有司阿合馬知不可譖十三年出公爲少中大夫衛輝路總管兼本路諸軍奧魯總管佩金虎符郡當要衝民爲兵者十九餘皆單弱貧病不任力役會初得江南圖籍

金玉財帛之運日夜不絕于道警衛輸輓日役數千夫公盡然憂之曰吾民弊矣而又重妨穡事殆不可乃從轉運主者言郡邑胥校足備用不必重煩吾民也主者曰公言誠然即行公言事萬有一不虞罪將誰歸公即爲手書具官職姓名保任之民得以時耕而運事亦無不具者諸郡運江淮粟于京師衛當運十五萬公曰民籍可役者無幾且江淮舟行風水不時至而先弊吾民以期會是未運而民已憊矣乃爲集旁郡通議立法驛置民力以紓十四年以識事詣

汴漕司方議通沁水北東合流御河以便漕者公曰衛爲郡地最下大雨時行沁輙溢出百十里間雨更甚水不得達于河即浸淫及衛今又道之使來豈惟無衛將無大名長蘆矣會朝廷遣使相地形上言衛州城中浮屠最高者才與沁水平勢不可開也事得寢不行爲郡多善政民有去思具見郡教授陶思淵所撰碑文十六年受代歸田里作遐觀之亭於故丘茅茨數椽僅避風日讀書賦詩怡然燕居自號野莊老人裕宗在東宮數爲臺臣言董某勳舊忠良何以

不見用也十八年臺臣奏起公爲山北遼東道提刑按察使不赴十九年朝廷選用舊臣乃召公爲大中大夫兵部尚書自是朝廷有大議未嘗不與聞廿年江淮省臣有欲專肆而忌廉察官者建議行臺隸行省狀上集議公議曰不可御史臺譬之臥龍雖未噬人人猶畏其爲虎也今司僅在紀綱猶不振一旦摧抑之則風采蕭然無可復望者矣又曰前阿合馬用事時商賈賤役皆行賄入官及事敗欲盡去其人廷議以爲不可使阿合馬售私恩而朝廷驟歛怨也及

使按察司劾去其不可者然後吏有所憚民有所赴愬則是按察司者國家當飭勵之不可摧抑也後悉從公議轉通議大夫禮部尚書遷翰林集賢學士知秘書監時中書右丞盧世榮本以貨利得幸權要爲貴官陰結貪刻之黨將錙銖掊克爲功乃建議曰我立法治財視常歲當倍增而民不擾也詔下會議人無敢言者公陽問曰此錢取諸右丞家耶將取之民取諸右丞家則不敢知若取諸民則有說矣牧羊者歲常兩剪其毛今牧人日剪其毛而獻之則主者固

說其得毛之多矣然而無以避寒熱即死且盡毛又可得哉民財亦有限取之以時猶懼其傷殘也今盡刻剝無遺毳猶有百姓乎世榮不能對丞相安童公謂坐中曰諸君董尚書眞不虛食俸祿者議者出皆謝公曰公以一言折聚斂之臣而厚邦本仁人之言其利溥哉豈不信然世榮竟以是得罪後嘗謂人曰我不知何事忤董尚書每折我不遺餘力廿二年拜中奉大夫江淮等處行中書省參知政事公力辭上前曰江淮事劇臣不敢當上曰卿家世非他人比朕

所以任卿者不在錢穀細務也卿當察其大者事有不便第言之公不敢辭遂行行省長官者素貴倨多款同列莫敢仰視跪起稟白如小吏事上官公則坐堂上侃侃與論是非可否無所遷就雖數忤之不顧也有以上命建浮屠於亡宋故宮者有司奉行急迫天大雨雪入山伐木死者數百人而猶欲併大建佛寺公坐中謂其人曰非時役民民不堪矣少徐之如何長官者曰參政柰何格上命公曰非格上命也今日重困民力失民心豈上意耶各拂袖去然竟得少

紓其程公在行省政事大槩如此廿三年將用兵海東徵歛益急有司爲姦日益甚公曰吾力不足以口語勝矣乃請入奏事大畧言疲國家可寶之民力取僻陋無用之小邦其條目甚悉言上事亦罷廿五年拜御史中丞公曰中丞不當理細務吾當先舉按察使乃舉胡公祗遹王公惲雷公膺荊幼紀許楫孔從道十餘人爲按察使又舉徐公琰魏公初爲行臺中丞當時以爲極選方是時桑葛當國用事寵奉方熾自近戚貴臣見桑葛皆屏息遜避無可誰何公以舊

臣任御史號不易爲桑葛令人風公贊巳功於上前公不答又自謂公曰百司皆具食丞相府獨御史臺未具食丞相府公又不答屬朔方軍興糧糗粗備而誅責逾急公謂之曰民急矣外難未解而内戕其根本丞相宜思之於是遠近盗賊蜂起公持外郡所上盗賊之目謂之曰百姓豈不欲生養安樂哉急法苛歛使至此耳又謂之曰御史臺所以救政事之不及丞相當助之不當抑之也御史臺不得行則民無所赴愬而政日亂將不止臺事不行也寖忤其意益深

乃摭拾臺事百端公日與辯論不爲屈於是具奏桑
葛姦狀詔報公語密外人不知也桑葛日誣譖公于
上曰在朝惟董中丞戇傲不聽令沮撓尚書省請痛
治其罪上曰彼御史職也何罪且董某端謹朕所素
知汝善視之當是時雖貴近以誣譖遭斥辱者不一
公徒以區區之誠賴天鑒主知而免於是遷公通奉
大夫大司農時又欲奪民田爲屯田公固執不可則
又遷公爲翰林學士承旨廿七年隆福太后在東宮
以公耆舊欲使公授皇孫以經具奏上以上命命之

曰老人畏寒須暄和乃一至帳中授經内侍視饌公每講說經旨必傳以國朝故實丁寧譬喻反覆開悟故皇孫亦特加崇禮焉三十一年上命公以其諸子入見公曰臣蒙國厚恩死無以報臣之子何能爲謹不敢以見命至再三終不以見是歲世祖皇帝升遐公望宮墻哀慟幾墜馬下同列爭持扶之及致奠喪次羣臣皆推公曰先帝漢人舊臣惟公在矣公宜前受酒行禮皆相對哭失聲今上將即皇帝位于上都太后命公從治裝賜鈔百定以行既即位巡狩三不

剌公奏曰先帝新棄天下陛下遠狩不以時還無以慰安元元宜趣還京師且臣聞人君猶北辰然居其所而衆星拱之不在勤遠畧也上悟即日可其奏是行也上每召入帳中問先朝故事公亦盛言納賢開國經世之務談説或至夜半太后亦素知公故多所顧問公自先帝時每侍燕與蒙古大臣同列裕宗嘗就榻上賜酒使毋下拜跪飲皆異數也上在東宮時正旦受賀於衆中見公召使前曰吾鄉見至尊甚憐汝輙親取酒飲之至是眷賚至渥賜鈔三百定至於

金衣玉帶紫笠寶環之賜皆追成先帝之意也是年
詔修先帝實錄陞資善大夫知制誥兼修國史公於
祖宗世系功德戚近將相家世勲績皆記憶貫穿史
館有所考釘質問公應之無所遺失大德元年夏四
月上章言臣老矣請致其事上聞之特加資德大夫
許致仕賜鈔二百定以歸命一子官鄉郡便侍養六
月戊寅以疾薨于里第之正寢享年七十有四公性
孝友四時祭祖禰輒思慕感愴如將見之事伯兄如
事父教子弟嚴而有禮爲學以誠實爲主本故其文

章議論皆質直忠厚不爲華靡其從政寛裕慈愛簡
於細務至於謀大事決大議則剛毅正直磊落可觀
歷事三朝每以忠言正論爲已任故言事上前必引
古證今從容盡達其藴而後已平居聞朝政有一未
善輙終夜不寐倚壁歎恨不置曰祖宗艱難成立之
天下豈可使賊臣壞之故每與朝議即奮言不顧危
禍以片言折權姦定國是者不可勝紀朝廷賴之任
御史臺行中書省時所遭皆大姦劇惡每恨公不順
已計萬方欲殺之公一不以爲意曰人臣在位豈愛

身苟容而上負國家下負生民乎公仕宦五十餘年凡十八命祿俸之餘盡以買書而家無饘粥之資卒賣其京城之宅以償積貸世祖嘗念其貧每欲有所賜使近臣記其事然公終不一自言也逮薨之日惟有祭器書冊而已其好賢樂善尤出天性雖待下士必盡禮至老且貴終不倦人有善必推舉之而名公大人聞公所薦亦必曰出董公門必佳士也故天下之士爭歸之與人謀至忠欵故國人有爲使遠方若出而領兵治民者必來受教而後行公爲開導訓誨

足以歆動其意至有欣然聽之終日忘去者而嘗古人臣見之必曰此故老也皆改容待之嗚呼葢可謂忠厚誠實君子者矣公先娶王氏元帥某之女先卒再娶周氏江淮都轉運使惠之次女後公四月卒子男八人士貞士亨爲仲兄文蔚後渡江有功官至昭勇大將軍侍衛親軍副都指揮使佩金虎符常侍裕宗東宮先公卒士偕士英士昌士恒承務郎眞定路總管府判官士廉士方女四人長適趙珌次適周俶次適齊東縣尹王艮傑次在室孫男十六人守約某

某孫女十人長適吳某次適張繼祖次適侍其正次適王惟賢餘在室曾孫男七人皆幼公墓兆在縣西以高里先塋之東公國之老臣敭歷中外久矣上而朝廷下及四方賢大夫士宜必有深知公者尚能道其德業之詳也謹錄其歷官行事梗槩如上伏惟立言之君子圖其不朽者焉謹狀大德十年三月某日

大都路儒學教授虞集狀

元文類卷之四十九終

元文類卷之五十

元　趙郡蘇天爵伯脩父編次
太原王守誠君實父校訂

行狀

知太史院事郭公行狀　齊履謙

公諱守敬字若思順德行臺人生有異操不爲嬉戲事祖榮號鴛水翁通五經精於筭數水利時太保劉文貞公左丞張忠宣公樞密張公易贊善王公恂同學於州西紫金山而文貞公復與鴛水翁爲同志友

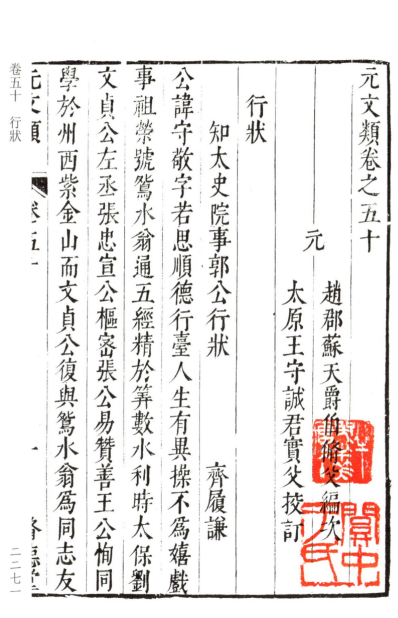

以故俾公就學於文貞所先是順德城北有石橋以通達活泉水兵後橋爲泥潦淤没失其所在公甫冠爲之審視地形按指其處而得之河東元公裕之文其事于石其曰里人郭生者即公是也中統三年張忠宣公薦公習知水利且巧思絶人嘗賜見上都便殿公面陳水利六事其一中都舊漕河東至通州權以玉泉水引入行舟歲可省僦車錢六萬緡通州以南於蘭榆河口徑直閒引由蒙村跳梁務至州還河以避浮鷄淘盤淺風浪遠轉之患其二順德達活泉

開入城中分爲三渠引出城東灌漑其地其三順德澧河東至古任城失其故道没民田一千三百餘頃此水開脩成河其田即可耕種其河自小王村經滹沱合入御河通行舟栰其四磁州東北滏漳二水合流處開引由滏陽邯鄲洺州永年下經鷄澤合入澧河其間可漑田三千餘頃其五懷孟沁河雖已澆漑尚有漏堰餘水東與丹河餘水相合開引東流至武陟縣北合入御河其間亦可漑田二千餘頃每奏一事上輙曰當務者此人眞不爲素餐矣即授提舉諸

路河渠四年加授銀符副河渠使至元改元從忠宣
公行省西夏興復瀕河諸渠先是西夏瀕河五州皆
有古渠其在中興州者一名唐來長袤四百里一名
漢延長袤二百五十里其餘四州又有正渠十長袤
各二百里支渠大小共六十八計漑田九萬餘頃兵
亂以來廢壞淤淺公爲之因舊謀新更立牐堰役不
踰時而渠皆通利夏人共爲立生祠於渠上二年授
都水少監公言嚮自中興還特命衆順河而下四晝
夜至東勝可通漕運及見查泊兀郎海古渠甚多可

爲修理又言金時自燕京之西麻谷村分引瀘溝一支東流穿西山而出是謂金口其水自金口以東燕京以北溉田若干頃其利不可勝計兵興以來典守者懼有所失因以大石塞之今若按視故迹使水得通流上可以致西山之利下可以廣京畿之漕上納其議公又言當於金口西預開減水口西南還大河令其深廣以防漲水突入之患衆服其能八年遷都水監十二年丞相伯顔公南征議立水驛命公行視所便自陵州至大名又自濟州至沛縣又南至呂梁

又自東平至綱城又自東平清河逾黃河故道至與御河相接又自衛州御河至東平又自東平西南水泊至御河乃得濟州大名東平泗汶與御河相通形勢爲圖奏之十三年都水監併入工部遂除工部郎中是歲立局改治新曆先時太保劉公以大明曆自遼金承用二百餘年浸以後天議欲脩正而薨至是江左既平上思用其言遂以公與贊善王公率南北日官分掌測驗推步於下而忠宣樞密二張公爲之主領裁奏於上復共薦前中書左丞許公能推明曆

理俾參預之公首言曆之本在於測驗而測驗之器莫先儀表今司天渾儀宋皇祐中汴京所造不與此處天度相符比量南北二極約差四度表石年深亦復欹側公乃盡考其失而移置之既又別圖爽塏以木爲重棚創作簡儀高表用相比覆又以爲天樞附極而動昔人嘗展管望之未得其的作候極儀極辰既位天體斯正作渾天象象雖形似莫適所用作玲瓏儀以表之矩方測天之正圓莫若以圓求圓作仰儀古有經緯結而不動公則易之作立運儀日有中

道月有九行公則一之作證理儀表高景虛罔象非眞作景符月雖有明察景則難作闚凡曆法之驗在於交會作日月食儀天有赤道輪以當之兩極低昂標以指之作星晷定時儀以上凡十三等又作正方案九表懸正儀座正儀凡四等爲四方行測者所用又作仰規覆矩圖異方渾蓋圖日出入永短圖凡五等與上諸儀互相參考十六年改局爲太史院以贊善公爲太史令公爲同知太史院事給印章立官府是年奏進儀表式樣公乃對御指陳理致一一周悉

自朝至於日晷上不爲倦公因奏唐一行開元間令
南宮說天下測景書中見者凡十三處今疆宇比唐
尤大若不遠方測驗日月交食分數時刻不同晝夜
長短不同日月星辰去天高下不同即目測驗人少
可先南北立表取直測景上可其奏遂設監候官一
十四員分道相繼而出先測得南海北極出地一十
五度夏至景在表南長一尺一寸六分晝五十四刻
夜四十六刻衡岳北極出地二十五度夏至日在端
端無景晝五十六刻夜四十四刻岳臺北極出地三

十五度夏至景長一尺四寸八分晝六十刻夜四十刻和林北極出地四十五度夏至景長三尺二寸四分晝六十四刻夜三十六刻鐵勒北極出地五十五度夏至景長五尺一分晝七十刻夜三十刻北海北極出地六十五度夏至景長六尺七寸八分晝八十二刻夜一十八刻繼又測得上都北極出地四十三度少北京北極出地四十二度强益都北極出地三十七度少登州北極出地三十八度少高麗北極出地三十八度少西京北極出地四十度少太原北極

出地三十八度少安西府北極出地三十四度半强
興元北極出地三十三度半强成都北極出地三十
一度半强西涼州北極出地四十度强東平北極出
地三十五度太大名北極出地三十六度南京北極
出地三十四度太強陽城北極出地三十四度大弱
揚州北極出地三十三度鄂州北極出地三十一度
半吉州北極出地二十六度半雷州北極出地二十
度太瓊州北極出地十九度太十七年新曆告成拜
太史令公與太史諸公同上奏曰臣等竊聞帝王之

事莫重於曆自黃帝迎日推策帝堯以閏月定四時成歲舜在璇璣玉衡以齊七政爰及三代曆無定法周秦之間閏餘乖次西漢造三統曆百三十年而後是非始定東漢造四分曆七十餘年而儀式方備又百二十一年劉洪造乾象曆始悟月行有遲速又百八十年姜岌造三紀甲子曆始悟以月食衝撿日宿度所在又五十七年何承天造元嘉曆始悟以朔望及弦皆定大小餘又六十五年祖冲之造大明曆始悟太陽有歲差之數極星去不動處一度餘又五十

二年張子信始悟日月交道有表裏五星有遲疾留逆又三十三年劉焯造皇極曆始悟日行有盈縮又三十五年傅仁均造戊寅元曆頗采舊儀始用定朔又四十六年李淳風造麟德曆以古曆章蔀元首分度不齊始爲總法用進朔以避晦晨月見又六十三年僧一行造大衍曆始以朔有四大三小定九服交食之異又九十四年徐昂造宣明曆始悟日食有氣刻時三差又二百三十六年姚舜輔造紀元曆始悟食甚泛餘差數以上計千一百八十二年曆經七十

改其創法者十有三家自是又百七十四年欽惟聖
朝統一六合肇造區夏專命臣等改治新曆臣等用
創造簡儀高表憑其測到實數所考正者凡七事一
曰冬至自丙子年立冬後依每日測到晷景逐日取
對冬至前後日差同者爲準得丁丑年冬至在戊戌
日夜半後八刻半又定丁丑夏至得在庚子日夜半
後七十刻又定戊寅冬至在癸卯日夜半後三十三
刻巳卯冬至在戊申日夜半後五十七刻半庚辰冬
至在癸丑日夜半後八十一刻半各減大明曆十八

刻遠近相符前後應準二曰歲餘自劉宋大明曆以
來凡測景驗氣得冬至時刻眞數者有六用以相距
各得其時合用歲餘今考驗四年相符不差仍自宋
大明壬寅年距至今日八百一十年每歲合得三百
六十五日二十四刻二十五分其二十五分爲今曆
歲餘合用之數三曰日躔用至元丁丑四月癸酉望
日食既推求日躔得冬至日躔赤道箕宿十度黄道
箕九度有畸仍憑每日測到太陽躔度或憑星測月
或憑月測日或徑憑星度測日立術推筭起自丁丑

正月至巳卯十二月凡三年共得一百三十四事皆
躔於箕與月食相符四曰月離自丁丑以來至今憑
每日測到逐時太陰行度推筭變從黃道求入轉極
遲極疾并平行處前後凡十三轉計五十一事內除
去不真的外有三十事得大明曆入轉後天又因考
驗交食加大明曆三十刻與天道合五曰入交自丁
丑五月以來憑每日測到太陰去極度數比擬黃道
去極度得月道交於黃道共得八事仍依日食法度
推求皆有食分得食時刻與大明所差不多六曰二

十八宿距度自漢太初曆以來距度不同互有損益大明曆則於度下餘分附以太半少皆私意牽就未嘗實測其數今新儀皆細刻周天度分每度爲三十六分以距線代管窺宿度餘分竝依實測不以私意牽就七曰日出入晝夜刻大明曆日出入晝夜刻皆據汴京爲準其刻數與大都不同今更以本方北極出地高下黄道出入內外度立術推求每日日出入晝夜刻得夏至極長日出寅正二刻日入戌初二刻晝六十二刻夜三十八刻冬至極短日出辰初二刻

日入申正二刻晝三十八刻夜六十二刻永爲定式所創法凡五事一曰太陽盈縮用四正定氣立爲升降限立招差求得每日行分初末極差積度比古爲密二曰月行遲疾古曆皆用二十八限今以萬分日之八百二十分爲一限凡析爲三百三十六限依垜疊招差求得轉分進退其遲疾度數逐時不同蓋前所未有三曰黃赤道差舊法以一百一度相減相乘今依筭術勾股弧矢方圓斜直所容求到度率積差差率與天道實爲脗合四曰黃赤道內外度據累年

實測内外極度二十三度九十分以圓容方直矢接
勾股爲法求每日去極與所測相符五曰白道交周
舊法黄道變推白道以斜求斜今用立渾比量得月
與赤道正交距春秋二正黄赤道正交一十四度六
十六分擬以爲法推逐月每交二十八宿度分於理
爲盡十九年太史王公卒時曆雖頒然其推步之式
與夫立成之數尚皆未有定槀公於是比次篇類整
齊分抄裁爲推步七卷立成二卷曆議擬槀三卷轉
神選擇二卷上中下三曆註式十二卷二十三年繼

爲太史令遂上表奏進又有時候箋註二卷修改源
流一卷其測驗書有儀象法式二卷二至晷景考二
十卷五星細行考五十卷古今交食考一卷新測二
十八舍雜座諸星入宿去極一卷新測無名諸星一
卷月離考一卷竝藏之官二十八年有言漕事使利
者一謂灤河自永平挽舟踰嶺而上可至上都一謂
瀘溝自麻谷可至尋麻林朝廷令各試所說其謂灤
河者至中道自知不可行而罷其謂瀘溝者命公與
徃亦爲哨石所阻舟不得通而止公因至上都別陳

水利十有一事其一大都運粮河不用一畝泉舊源别引北山白浮泉水西折而南經瓮山泊自西水門入城環匯於積水潭復東折而南出南水門合入舊運粮河每十里一置牐比至通州凡爲牐七距牐里許上重置斗門互爲提閼以過舟止水上覽奏喜曰當速行之於是復置都水監俾公領之首事於二十九年之春告成於三十年之秋賜名曰通惠役興之日上命丞相以下皆親操畚鍤爲之倡咸待公指授而後行事置鍤之處往往於地中偶値舊時甎木時

人爲之感服船既通行公私省便先時通州至大都陸運官粮歲若干萬石方秋霖雨驢畜死者不可勝計至是皆罷是秋車駕還自上都過積水潭見其舳艫敝水天顔爲之開懌特賜公錢一萬二千五百緡仍以舊職兼提調通惠河漕運事公又欲以澄清牐稍東引水與北壩河接且立牐麗正門西令舟楫得環城往來志不就而罷三十一年拜昭文館大學士知太史院事大德二年召公至上都議開鐵幡竿渠公奏山水頻年暴下非大爲渠堰廣五七十步不可

執政吝於工費以公言爲過縮其廣三之一明年大雨山水注下渠不能容漂没人畜廬帳幾犯行殿翌日天子北狩謂宰臣曰郭太史神人也可惜不用其言七年詔内外官年及七十並聽致仕公以舊臣且朝廷所施爲獨不許其請至今翰林太史司天官不致仕者咸自公始延祐三年某月日卒年八十六公以純德實學爲世師法然其不可及者有三一曰水利之學二曰曆數之學三曰儀象制度之學決金口以下西山之栰而京師材用是饒復唐來以漑瀕河

之地而靈夏軍儲用足引汶泗以接江淮之派而燕吴漕運畢通建斗牐以開白浮之源而公私陸費由省又前後條奏便宜凡二十餘事相治河渠泊堰大小數百餘所其在西夏嘗挽舟遡流而上究所謂河源者又嘗自孟門以東循黄河故道縱廣數百里間皆爲測量地平或可以分殺河勢或可以溉灌田土具有圖誌又嘗以海面較京師至汴梁地形高下之差謂汴梁之水去海甚遠其流峻急而京師之水去海至近其流且緩其言信而有徵此水利之學其不

可及者也古曆天周與歲周小餘同於日度四分之
一漢魏以來漸覺不齊遂有破分之說而立法未均
任意進退公乃毎以百年爲率小餘之下增損各一
以之上推往古下驗方來無不脗合且自大初迄
大明名曆七十餘家其見施用於世者四十有三類
多寫分換母誇誑一時間有超出如宋元嘉唐大衍
近世紀元不過三數然亦未臻至當考驗天事始雖
親密旋已不效公所爲曆測驗既精設法詳備行幾
五十年未嘗一有先後天之差去積年日法之拘無

寫分換毋之陋此曆數之學其不可及者也舊儀既多蔽礙且距齒但有度刻而無細分以管望星漸外則所見漸展尤難取的公所爲儀但用天常赤道四游三環三距設四游於赤道之上與相套在内同附直距於四游之外與雙環兩間同結線距端凡測日月星則以兩線相望劈取其正中所當之刻之度之分之杪之數舊八尺謂夏至之景尺有五寸千里而差一寸其說見於周官周髀等書千里而差一寸唐一行已嘗駁議八尺之表表庳景促古今承用未之

或華公所爲表五倍其舊懸施横梁每至日中以符竅夾測横梁之景折取中數與舊表但取表之景者殊爲審當公於世祖朝進七寶燈漏今大明殿每朝會張設之其中鐘鼓皆應時自鳴又嘗進木牛流馬雖不盡得諸葛舊制亦自機妙成宗朝進櫃香漏又作屏風香漏行漏以備郊廟從幸大德二年起靈臺水渾蓮渾天漏大小機輪凡二十有五皆以刻木爲衡牙轉相撥擊上爲渾象點畫周天星度日月二環斜絡其上象則隨天左旋日月二環各依行度退而

右轉公又嘗欲倣張平子爲地動儀及候氣密室事雖未就莫不究極指歸此儀象制度之學其不可及者也初公年十五六得石本蓮花漏圖已能盡究其理及隨張忠宣公奉使大名因大爲鼓鑄即今靈臺所用銅壺又得尚書璇璣圖規竹篾爲儀積土爲臺以望二十八宿及諸大星及夫見用觀其規畫之簡便測望之精切功智不能私其議羣衆無以參其功王太史剛克自用者也毎至公所覩其匠制未嘗不爲之心服魯齋先生言論爲當代法因語及公以手

加額曰天祐我元似此人世豈易得嗚呼其可謂度越千古矣

濟南路大都督張公行狀　　張起巖

公張姓諱宏字可大世爲濟南人祖榮屬金季喪亂保民壁鄒平縣之釁堂嶺國兵下版其軍民五十餘萬歸款以勞績始受命爲東諸侯安集流亡政尚仁厚所部殷足而境内以治庚寅歲覲太宗皇帝賜錦衣三襲坐諸侯王上從攻河南睢陽沛徐邳獲其兗王國用安伐宋破棗陽仇城六安未嘗濫及無辜以

言脫民于兵甚衆世祖臨御詢開國有功臣首及之
優詔獎勵以濟南公致仕有慶及子孫長保河山之
誓之語考邦傑襲爵勤於撫字凡可以裕民生植邦
基者力陳于上賦之病民者數請蠲貸皆報可且以
新造金虎符異金織幣服賜之而民或不堪賦及不
得請至均爲代輸之流民以歸疲瘵以蘇事集而人
不擾朝廷考課爲天下最乃割河間之將陵臨邑等
六處以旌治績仍升將陵爲州初以質子侍王藩娶
阿可亦眞氏生公性長厚自幼嶷然有成人風長博

通諸國語及嗣爲政一以繼志述事爲心屬歲大旱
徒步四十里禱雨龍洞既奠而雨霑足其在軍旅拊
循士卒號令嚴明于襄于揚累奏戰功世祖皇帝在
王邸總率兵伐宋公爲前鋒得生口輙詢山川地形
途所從出城郭向背主將誰某倉廩所實幾何守兵
幾何一一爲上陳之且逆策其可勝之狀畫其進取
當自某處當用兵若干若指諸掌暨捷卒如所策上
每曰汝殆身親歷耶何其言之信也拔木欒山寨獲
男女萬餘口咸釋之俾復生聚宋人以王師之至所

向欵附至陽羅堡上視師江北岸小山公進言彼宋
舟師雖衆我以四百艘可必取之請偕水軍先濟江
許之奪其大船名白鷂者一大戰江中連勝我師增
氣其偏將以二百艘直抵南岸宋師奔潰而公之北
斗旗已樹矣上隨整諸軍渡江至鄂州公啓城東南
維彼悉衆守禦號難攻請先諸軍以攻彼旣下則城
自陷矣攻之登其陴宋人悉力來奪公連戰復破之
城遂陷上命公籍府庫秋毫不私師旋部降民數千
徙之内地嬰孺無失或有疾命醫視之皆全活上正

位宸極有詔若曰乃祖爲國有收撫之勳治郡存節儉之業其父相繼致力於民承襲至卿餘風尚在又隨朕南進殊有功勞可遵奉先朝聖旨依舊懸帶虎符授濟南府行軍萬戶管民總管之職凡在所屬竝聽節制敬持朕命慎守鄉司中統三年春李璮叛兵起益都率逆徒數萬擣濟南前此公億知其端倪其逆跡等十事大畧以爲諸路城壁不脩而益都因淵爲城國初以全師攻之數年不下今更包以甎石而儲粟於内且留壯丁之轉輸者于府其志欲何爲之

又諸路兵久從征伐不得休息率皆困弊而壇假都
督之重擁彊兵至五七萬日練習整厲名爲討宋而
實不出境士卒唯知壇之號令不復知禀朝廷之命
平章王文統故壇參佐儻中外連構窺伺間隙以逸
待勞此尤可慮又大駕前歲北征羣臣躬扞牧圉而
壇獨以禦宋爲辭旣不身先六軍復無一校以從本
欲休養士卒以覘國家虚實及駕還京師諸侯朝覲
壇又不至不臣之心路人共知國家去歲遣使往宋
寔欲百姓休息壇獨不喜其和奸欺叵測方發兵邊

境下竊兵威上失國信又如市馬諸路無論軍民槩屬括買獨不及益都而壇方散遣其徒於別境高其直以市其王文統與壇締交於此尤著又中統鈔法諸路通行惟壇用漣州會子所領中統鈔顧於臣境貿易諸物商人買鹽而鈔不見售又山東鹽課之額歲以中統鈔計爲三千五百定近年互爲欺詐省爲二千五百定餘悉自盜屬法制初新宜復舊額而欺盜仍前又前歲王師渡江宋人來禦壇乘其隙偶陷漣州輒貪其功悉留歲賦爲括兵用而又侵及鹽課

誠使壇絕淮而南歲陷一二城壁去杭尚遠方今急
務政不在此而徙以兵賦假之不可不慮今亟宜罷
王文統而擇人代壇且徵壇從攻西北足以破其姦
謀必東南須壇鎮戍剌眞督兵西南緩急豈能相及
又不若撥壇北行爲策之善也如或不然尚宜中設
都督内足以分其勢而伐其謀外足以鼎立而禦侮
也公以其言祕俟燕閒以聞二年元會上命公酒知
公意有所陳謂之曰卿比還當陛見朕與卿有言也
十六日上獵近郊宿郊壇旁夜召公與語公遂具奏

上諭近侍以軍國密計毋泄至是璮兵西來城守之卒數不滿千公遂偕其祖濟南公告變京師半道詔以諸王合必赤總兵擊之有旨諭衆安業俾郡縣兵從公討賊割山東鹽課以濟師仍戒諸道兵毋肆侵掠以公爲前導而璮已據濟南諸道兵旣合詔無攻城以傷吾民乃築城周六十里圍之璮旣不得出公率卒青齊境上斷其饟道攻下寨柵脅從之民相率歸正逆徒數突圍公及諸軍迺却之以功遷大都督秋七月甲戌璮伏誅公言濟南民皆王民城爲逆徒

盜據今罪人斯得恐軍士例肆虜掠請加敕兵毋入城於是王遣將分掌門鑰尋有卒褫民婦衣斬首以徇諸軍肅然至元初例遷真定路總管兼府尹加鎮國上將軍有故吏掇拾公諸父罪辭連公上以其有功特原之然猶免所居官九年師次襄陽起公爲懷遠大將軍新軍萬戶佩金虎符宋安撫呂文煥守襄陽攻之不下諭之不從最後遣人往招呂曰得張濟南一言吾無盟矣公持詔往諭文煥遂舉城降十年授襄陽等處統軍使總兵十七萬八十三年宋平公

悉歸功諸將以在軍旅歲久積勞成疾堅乞骸骨以
歸與父言未嘗及平宋事公生遼東兀魯回河又其
二女爲藩王妃性樂其風土且便畜牧遂留居間歲
一至濟南優游暇像以佚其老二十四年十一月初
五日薨于濟南私第之正寢享年五十有九夫人某
氏趙氏姜氏二子元節趙出元里姜出四女長也速
貴爲諸王忽刺忽兒妃次適姜從吉次爲金剛奴王
妃次適洪澤屯田千戶梁紹祖諸王乃顏之叛連謀
于兀訥忽赤金剛奴也速貴以逆順禍福反覆開諭

不聽故及於禍始逮赴詔獄有旨詰之曰若與乃頑
搆亂亦嘗有人諭止若等否彼具以妃所陳對上嗟
異曰是濟南張相子朕知其然矣命索之軍中賜楮
幣二千五百緡給傳歸濟南養疾有司供億元貞初
山東憲司以妃忠孝大節素著而供需不時繼乞賜
田以足廩餼事聞加賜二萬緡元節襲公爵宣武將
軍征西萬戶元里破吳王教建昌路達魯花赤男孫
二那懷襲征西萬戶次某起巖先世故濟南僚屬幼
及侍諸父暨聞中表老人語公家善政嘉績猶歷歷

能誦言流寓東平益都境其耆年叟亦論東諸侯爲政尚忠厚崇信義而不奪其力惟濟南爲然餘弗及也至元之罷侯守民益有親其故侯如路人甚至追咎怒駡如仇讐者公遷眞定民傾城攀留西至郭門咸嗚咽俯伏羅拜至擁馬不得行曰我公不復惠我民矣公亦悲莫能仰視諭解久之方得出郊民望哭聲振原野又懷思遺愛爲樹碑頌德祝其富壽及公被新軍萬戶之命過家覲濟南公民聞公之至郊迎者相望於外里巷室家悦喜於内是果何自而致哉

艮由濟南公性鍾仁恕動合天理推之以惠其民先
公及公一遵其政故得民也如此又聞青寇逼濟南
濟南公怒曰國家何負李全而賊子敢爾昔吾壯盛
時全猶不敢易吾賊子何爲者耶惜吾身老兵戍宋
境不時至致賊子得肆其逆吾惟以死捍賊終不鬬
吾民也於是誓衆曰凡吾子孫卒屬有不一力討賊
者吾有劒在衆聞其言勇自百倍了諭僚屬士民壁
南山自保躬將輕騎駐將陵以拒瓊故識者謂濟南
公寧以身綴豕突之鋒而不忍死其民於矢石之下

其忠仁勇爲何如也故身備五福顯膺上爵善始令
終復有先公與公以濟其美天之報施理不誣也公
嗣子元節忠勤廉正鎮禦有方總戎遠征威惠兼濟
嘗爲征西元帥府薦充副都元帥國家有大慶賚恩
數與諸王等元節偕其諸兄以公平昔事迹求爲行
狀故詳錄其實而以諗聞附庶備宗工鉅儒之采擇
云

元文類卷五十一
三
作儀堂

元文類卷之五十一

元　趙郡蘇天爵伯脩父編次
太原王守誠君實父挍訂

墓誌

故金漆水郡侯耶律公墓誌銘　元好問

金天興初元三月廿七日金昌府隕静難軍節度使致仕漆水郡侯貞死之公遼族河間人初以護衛事章宗累遷左將軍貞祐丙子奉旨分領關陜軍朔方兵猝破潼關士帥詘可力不支失利於乾石壕之間

將卒多被俘執公義不受辱引佩刀自刺且投大淵中刺不殊下淵數丈礙大樹而止明日朔方兵退左右求公得之扶舁歸洛陽事聞朝廷馳遣尚醫救之即拜同知河南府事未幾改孟州經畧使歷歸德知府西安軍節度使昌武軍節度使知河州再任昌武入爲殿前右副都點檢換左副轉武衛軍都指揮使河南改金昌府升中京以公權留守行帥府事俄拜靜難軍節度使明年請老閒居洛陽至是城陷公族屬有在朔度秉大權者得公兵亂中將由孟津渡北

行公歎曰吾家世受國恩吾由侍衛起身至秉旄節向在乾石壕已分一死今北行欲何求耶乃不食七日而死時年六十七夫人納合氏負遺骨藁葬聊城後二年夫人歿乃合葬焉夫人在時嘗求予銘公墓其歿也其弟重以臨終之言爲託故略爲次第之嗚呼世無史氏久矣遼人主盟將二百年至如南衙不主兵北司不理民縣長官專用文吏其間可記之事多矣泰和中詔脩遼史書成尋有南遷之變簡丹散失世復不見今人語遼事至不知起滅凡幾至下者

不論也通鑑長編所附見及亡遼錄北顧備問等書多敵國誹謗之辭可盡信耶正大初予爲史院編脩官當時九朝實錄已具正書藏秘閣副在史院壬辰喋血之後又復與遼書等矣可不惜哉故二三年以來死而可書如承旨子正中郎將良佐御史仲寧尚書仲平大理德輝點檢阿散郎中道遠右司元吉省講議仁卿西帥楊沃衍奉御忙哥宰相子伯詳節婦參知政事伯陽之夫人長樂妻明秀孝女舜英予皆爲誌其墓夫文章天地之元氣無終絕之理他日有

以史學自任者出諸公之事未必不自予發之故不敢以文不足起其事爲之辭嗚呼可惜哉銘曰謂辱也而不屈焉謂喪也而不失焉頹波方東有物屹焉天奪于人我獨也天孰爲爲之樂我所然國殤纍纍骨肉棄捐維公之藏土厚木堅殆天以後死者爲金石無窮之傳銘以表之慰彼下泉

雷希顏墓誌銘　元好問

南渡以來天下稱宏傑之士三人曰高廷玉獻臣李純甫之純雷淵希賢獻臣雅以奇節自負名士喜從

之游有衣冠龍門之目衛紹王時公卿大臣多言獻
臣可任大事者紹王方重吏員輕進士至謂高廷玉
人才非不佳恨其出身不正耳大安末自左右司郎
官出爲河南府治中卒以高材爲尹所忌瘦死雒陽
獄中之純以薊州軍事判官上書論天下事道陵奇
之詔參淮上軍仍驛遣之太和中朝廷無事士大夫
以宴飲爲常之純於朋會中或堅坐深念咄咄嗟唶
若有旦夕憂者或問之故之純曰中原以一部族待
朔方兵然竟不知其牙帳所在吾見華人爲所魚肉

去矣聞者訕笑之曰四方承平餘五六十年百姓無狗吠之警渠不以時自娛樂乃妖言耶未幾北方兵動之純從軍還知大事已去無復仕進意蕩然一放於酒未嘗一日不飲亦未嘗一飲不醉談笑此世若不足玩者貞祐末嘗召爲右司都事已而擯不用希顔正大初拜監察御史時主上新即位宵衣旰食思所以弘濟艱難者爲甚力希顔以爲天子富於春秋有以致之資乃拜章言五事大略謂精神爲可養初心爲可保人君以進賢退不肖爲職不宜妄費日力

以親有司之事上嘉納焉庚寅之冬朔方兵突入倒廻谷勢甚張平章芮公逆擊之突騎退走墳壓谿谷間不可勝筭乘勢席卷則當有謝玄淝水之勝諸將相異同欲釋勿追奏至廷議亦以爲勿追便希顏上書以破朝臣孤注之論謂機不可失小勝不足保天所予不得不取引援深切灼然易見而主兵者沮之策爲不行後京兆鳳翔號北兵很狽而西馬多不暇入銜數日後知無追兵乃聚而攻鳳翔朝廷始悔之至今以一日縱敵爲當國者之恨凡此三人者行輩

相及交甚歡氣質亦略相同而希顔以名義自檢疆行而必致之則與二子爲絶異也葢自近朝士大夫始知有經濟之學一時有重名者非不多獨以獻臣爲稱首獻臣之後士論在之純之純之後在希顔希顔死遂有人物渺然之歎三人者皆無所遇合獨於希顔尤嗟惜之云希顔別字季默渾源人考諱思大定末仕爲同知北京路轉運使事希顔其暮子也崇慶二年中黄裳榜進士乙科釋褐涇州録事不赴換東平府録事以勞績遥領東阿縣令調徐州觀察判

官召爲荊王府文學兼記室參軍轉應奉翰林文字同知制誥兼國史院編脩官考滿再任俄拜監察御史以公事免用宰相侯莘卿薦除太學博士還應奉終于翰林脩撰累官大中大夫娶侯氏子男二人公孫八歲宜翁四歲女二人長嫁進士陳某其幼在室初希顔在東平東平河朔重兵處也驕將悍卒倚外寇爲重自行臺以下皆務爲摩拊之希賢莅官所以自律者甚嚴出入軍中偃然不爲屈故頗有喧譁者不數月閭巷間家有希顔畫像雖大將亦不敢以新

進書生遇之嘗爲戶部高尚書唐卿所辟權遂平縣事時年少氣鋭擊豪右發奸伏一縣畏之稱爲神明及以御史巡行河南得贓吏尤不法者榜掠之有至四五百者道出遂平百姓相傳雷御史至豪猾望風遁去蔡下一兵與權貴有連脫役屯田間時以藥毒殺民家馬牛而以小直脅取之希顏捕得數以前後罪立杖殺之老幼聚觀萬口稱快馬爲不得行然亦坐是失官希賢三歲喪父七歲養於諸兄年十四五貧無以爲資乃以胄子入國學便能自樹立如成人

不二十游公卿間大學諸人莫敢與之齒渡河後學
益博文益奇名益重爲人樞幹雄偉髯張口哆顔渥
丹眼如望羊遇不平則疾惡之氣見於顔間或嚼齒
大罵不休雖痛自摧折猝亦不能變也食兼三四人
飲至數斗不亂杯酒淋漓談諧間作辭氣縱横如戰
國游士歌謡慷慨如關中豪傑料事成敗如宿將能
得小人根株窟穴如古能吏其操心危慮患深則又
似夫所謂孤臣孽子者平生慕孔融田疇陳元龍之
爲人而人亦以古人期之故雖其文章號一代不數

入而任希顏仍亦餘事耳希顏年四十六以正大八年辛卯八月二十有三日暴卒後二日葬戴樓門外三王寺之西若干步好問與太原王仲澤哭之因謂仲澤言星殞有占山石崩有占水斷流有占斯人巳矣瞻烏爰止不知於誰之屋耳其十月北兵由漢中道襲荆襄京師戒嚴銘曰維季黙父起營平弱齡飛騫振厥聲備具文武任公卿不出其一世巳驚紫髯八尺傾漢庭前有趙張耻自名目中中敵無遁情太息流涕請進兵揜聰不及馳迅霆一日可復齊百城

天綱四面開鯢鯨砥柱不救洪濤傾望君佐王正邦經或當著言垂日星一僨不起誰使令如秦而帝寧勿生不然亦當蹈東溟元精炯炯賦予形溘焉寧與一物弁千年紫氣鬱上征知有龍劍留泉扃何以驗之石有銘

孫伯英墓誌銘

元好問

伯英在大學時所與游皆一時名士故相程公日新判河南伯英居門下甚愛重之貞祐初中原受兵朝廷隔絕府治中高廷玉獻臣接納奇士號爲衣冠龍

門大尹復興甚之會有爲飛語者云治中結客將據河以反遂爲尹所搆凡所與往來者如雷淵希顏王之奇士衡辛愿敬之俱陷大獄危有一網之禍伯英出入府寺人爲出死力者多故得光事遁去依殷輔之商州變姓名從外家稱道人王守素會赦乃歸貞祐丙子予自太原南渡故人劉昂霄景玄愛伯英介予與之交因得過其家登壽樂堂飲酒賦詩尊俎間談笑有味使人久而不厭伯英時年四十許困名場已久重爲世故之所推折稍取莊周列禦寇之書讀

之視世味蓋漠然矣予意其本出將家氣甚高巳浙節爲書至東以詩禮優柔饜飫偶以緼藉見名其鬱鬱不能平者時一發見知縛虎之急一怒故在世巳亂天下事無可爲思得毀裂冠冕投竄山海以高騫自便日暮途遠倒行而逆施之古人或爲抱關或仕執鑰或妄從博徒賣漿者游其書皆出於無聊賴之至耳非本志也又明年客有來崧山者云伯英真爲黃冠師矣正大庚寅十月十九日歿于亳之太清宮春秋五十有一因即其地葬之曾祖堅金初以軍功

贈龍虎衛上將軍隴州刺史祖汝楫武略將軍魯山令父鈞武義將軍昌州鹽使司判官室劉氏前歿于璋瑨同郡王好禮伯英初名邦傑後改天和孫氏雄州雄城人居雒陽四世矣銘曰馬逸覂駕犢健破車覊絡所貪世議之拘我足天衢彼責守閭我材明堂彼求侏儒蚩蚩之與曹而昧昧之與居俱腐草木孰別以區千百載而下或有攓蓬而問者又焉知其輕世肆志自放於方之外以耗壯心而老歲月歟

聶孝女墓誌銘　元好問

五臺聶天驥元吉爲尚書左右司員外郎壬辰之冬車駕東狩元吉留汴梁明年正月二十有三日崔立舉兵反殺二相省中元吉被兵創甚女日夜悲泣禱醫者療之百方至刲其股雜他肉以進而元吉竟不可救時京城圍久食且盡閭巷間有嫁妻以易一飽者重以喋血之變剽奪陵暴無復人紀女資孝弟讀書知義理思以大義自完葬其父之明日乃絕脰而死士大夫賢之有爲泣下者女字舜英年二十二嘗嫁爲進士張伯豪妻伯豪死歸父母家嗚呼壬辰之

亂極矣中國之大百年之久其亡也死而可書者權參知政事翰林學士承旨子政右丞大用御史大夫仲寧戶部尚書仲平大理德輝點檢阿撒郎中道遠省講議仁卿奉御忻哥宰相子伯祥宿直將軍長樂妻明秀參知政事伯陽之夫人與孝女十數人而已且有婦人焉夫一脉存不可謂之絕一目張不可謂之亂一矣有立志不可謂之土崩痛乎風俗之移人也孝女合葬張氏墓在某所銘曰嫈政之姊哭御其季千祀有傳猶聶之世嗟惟孝女之死自遂死而有

知及父於隊以子則孝以婦則義以斷則勇以守則智於今之人麟鳳之瑞莫蘄者名天曰美器不於士夫一女之畀銘以表之并志于愧

南京轉運司支度判官楊公墓誌銘　　許衡

公諱天德字君美其先耀之美原人徙同官至高祖儀從高陵世業農曾祖諱亨祖諱植始爲縣吏父諱禮以大定庚子歲十二月庚子生公于北郭公之父雅好儒而仲兄茂實克家厚資公使游學公亦篤勤能副所望既隸業大學登興定二年進士第釋褐補

博州聊城丞未及赴辟陜西行臺椽尋權大理寺丞繼擬主長安簿未幾正主慶陽安化簿尋辟德順之隆德令再辟安化令補尚書都省掾遷轉運司支度判官京城不守流寓宋魯間十年而歸長安公自讀書入仕至于晚歲風節矯矯始終不少變其爲隆德也被圍於德順冒圍請援以死期於復命及復立縣治撫養瘡痍誅鋤强梗民賴以安慶陽之圍也復任安化主師以公忠勤使兼録事并鎮撫軍民又牒令判府事晝夜不遑處盡智畢力拒守踰年居民餓死

殆盡卒逮救至圍解召公還京師公歎曰旣不能救民之死又暴其骸而去之吾不忍也擾攘中竟留月餘悉收葬之其忠主愛民若此亂後士夫或不能自守而公於勢利藐然如浮雲晚讀大學講沿及尹洛諸書大嗜愛之常語人曰吾少時精力奪於課試殊不省有此今日後知吾道之傳爲有在也埋没篆刻中幾不復見天日目昏不能視書猶使其子講誦而朝夕聽之以是自樂及有疾親友往問之談笑歌詠不衰曰吾晚年幸聞道死無恨矣以戊午歲十月四

日卒于家春秋七十有九公娶寇氏早亡一女適三
原郭孝廉再娶太常少卿京兆孫通祥之女一子曰
恭懿孫男曰寅孫女二人皆幼以是年十二月十日
葬于高陵閭國鄉奉政原之先塋公子孝廉篤實克
紹先志平居事公已著信於朋友而執喪哀毀至五
日不食寢苫枕塊居廬啜粥又能行古道其治喪一
從公之遺命用司馬氏宋氏攷訂古禮民迷固久而
公獨得以禮葬有子如此公爲不朽矣河内許衡敬
敘其事而爲之誌且系銘曰出也有爲生死以之處

也有守不變于時日臨桑榆學喜有得其知益積其行益力吾道之公異端之私瞭然胷中洞相毫釐外私內公息邪距詖俯仰古今可以無愧受全于天復歸其全尚固幽藏無窮歲年

易州太守郭君墓誌銘　　劉因

金貞祐主南渡而元軍北還是時河朔爲墟蕩然無統强焉弱陵衆焉寡暴孰得而控制之故其遺民自相吞噬殆盡間有豪傑之姿者則天必誘其衷使聚其鄉鄰保其險阻示以紀律使不相犯以相守望卒

之事定而後復業凡今所存非其人則其人之子孫
也嗚呼葢亦無幾矣而向之所謂豪傑者後皆眞擁
雄城而於大官其子孫或沿襲敢將相凡其宗族故
舊與同事者亦皆布列在位享富貴之樂而其所賴
以存及其子孫則爲之臣民而復其役出租賦而隸
之彼亦非幸也葢天以是報其功人以是報其力僅
適平而已易之蔡國張公柔則當時開壁於易山諸
砦者君其女兄子也君諱弘敬字彦禮易州定興人
曾祖安仁祖儀皆業農考彦成以諄謹勤力爲蔡公

所倚任嘗攝行元帥事君性警敏美姿容讀書善射蔡公罷之復以女妻焉丁未授東鹿長庚戌遷易州太守壬子改完州易人以善政請於是復爲易州時官制未立諸侯得自辟署曰長曰太守皆從一時之制云以甲寅三月十日卒以是月二十一日葬於河內之兆子男一人奉議大夫謙即夫人張氏出也後三十年謙泣涕來請曰謙不幸早孤今思所以報吾親欲得先生長者一言以銘其墓託以不朽庶幾少慰人子之心乃拜旣許又拜予迫於禮文謹且備而

終銘之銘曰生物爲心乃厭其蕃自涓涓而洪河洪河滔滔沃之焦山曽不思造物之艱難顧兹方慘而有忻茁然碩果孰斲天心可觀史氏命凡胡甚不仁斬首曰級書多是勒抑不知取賞于一時之所私事者乃所以受罰于千萬世公共之天孰不知忌此而獨使道家爲知言易山峩峩昔誰辟門易山之民今誰子孫爲斯人之壻也爲斯人之子也爲易州者固宜斯人兹實其墳

新安王生墓誌銘

劉因

新安王綱居母喪以哀毁致疾繼而其父病作而綱竟以憂終其師客城先生爲銘其墓其辭曰禮之未制也人或徑情人之未知也禮有失乎生之禮之後爲學禮之人不俯就之而天禍是嬰如九原之可作將聲言以責生雖然出繼有嗣終養有兄生没其寧事有過厚薄俗可驚吾嘗作銘

湖南宣慰使趙公墓誌銘　　盧摯

天德十有一年冬前湖南宣慰使趙公薨於潭州弟明年秋七月其子彌寧等室塋服衰釋[illegible]

血東向拜餽介走書江東報其父執涿郡盧摯寧不天先君子捐諸孤葬有日乞銘其館士文學掾吉張圖南實公行治甚悉而文麗以札翰曰宜慰公薨且葬宜有銘寧聚其宗謀銘咸願公銘且非公銘孰銘惟先生與銘公諱淇字元德世族望臨淄霍者五李時刺撫州後徙家衡山至五世祖士庠贈奉議郎贈楚國公諱世勛者奉議子也生贈魯國公棠棠季曰常生方後魯國累官某官謚忠肅者於公爲祖實生考右丞相冀國忠靖公奏公幼奇儁誦書若宿習年

七歲蔭補承奉郎明年中童子舉選甫冠起家四川
宣撫司主管機宜文字官列郡至廣南東路發運使
積階朝奉大夫貼職自直秘閣四遷右文殿脩撰内
除由藉田令至尚書刑部侍郎位望寖隆而宋祚終
矣將浮海而南王師已至其地宋太后詔舊臣納款
遂附順是時至元十有五年也行省署公廣東宣撫
使秋七月覲于上者世祖勞問甚至有制授中奉大
夫湖南道宣慰使錫佩金虎符犒予優渥使七年而
代用薦者召遂辭疾致仕初公自宣闖沿檄至承宣

使夏貴軍戰黃之白鹿磯冒矢石鋭甚諸將勇之其
倅信前卒弛靡吏姦莫何問乃幹經賦廉賕胥數背
法之羣驕愕無敢犯令守趙希訸悚然不敢少年易
公曰始疑倅莫踰前倅今倅儁果乃復賢遠前倅郡
舊屯威果指揮兵二千餘悍驕不制適郡守惟肖至
閼犒未集衆忿譟謀害士臣吏皆竄守惶遽無策公
語衆淮漢卒戍數千里外晝夜不遑息少懈慢輒刑
誅無貸若輩未嘗身顔行坐靡縣官敢爾即徙徼塡
圍杖倡亂者百衆羅拜引罪去臣猾孔和輩構桀橫

吏十數蠹蠧郡縣累政循嘿置度外民茹噎莫能吐氣時憲江東合東叟皆名才監司逮捕弗能得及公攝守陰授卒方略盡得羣惡其人皆貲累鉅萬衆猶慮其賄免公期二日獄具杖黥錮諸圜越四日邸蹔果援其獄皆巳死矣民始帖服神其政咸曰非趙通判廉明即被枉吾曹奚所於訴及守與國移泰皆能一兵民之政民裕而賦饒時論能之衢寇蠭起連江浙數郡逐憲臣嶸守困東守命公分殿司兵二千從公曰果爾將蹀血三輔請單騎至衢覘盜緩急財馳

巖郊有執寇至者廼民訟田官不能直憤激相讐脅平民互黨助蔓寇公知亂萌語其人彼起釁縣訟直之豈不在我若釋兵而農置若罪或頑弗革若曹能捕致易罪以賞協既良民即自捄盜藪知素鄉罪除否則必薙薊無遺餘廼巳遂縱去有頃復獲盜數十亦諭遣之乃揭示禍福如所諭聽浹旬歸業俾黃衣腰鈴卒四往田間手旗大呼新太守楊至賊衆讀榜皆釋兵盡一日散去衢遂寧郡勢人干政者前守常頫痾奉旨意公至噞噎不敢出一語撓法於是新郡

治作孔子廟校官梓四書以摩勵諸生去郡未幾冠
復作張甚再至輒弭公忠實和雅英暢厚易早歲莅
政以敏銳著稱睨廼彂縮沖漠權以適易其豪爽超
特之氣猶時時有不能掩者至取文接物識監劉然
而渾若無跡仁愛博濟惠利公私者不可殫言未冠
業進士有才名下筆動千數百言便弓馬引强射遠
發命中竊弦其弓者莫能撼毛髮雅有巧思多藝洞
曉音律尤妙琴事琴操多自譜琴出其手斲者琴工
音焉以爲賢世所寶古琴遠甚古樂夫傳稽籍賾思

刋分黍我以諧雅族既作潭校之樂遠落好古者往往迭至問焉劬書植學旁極佛老醫卜靡不該洽所著詩文樂府曰太初紀夢二十餘卷藏於家公以平遠自命太初其别號平遠之名聞天下朋游間多穹貴大賢契予尤深者故參政徐公子方太子賓客姚公端父平章何公仲韞左丞趙公伯華然公非藉數公爲重數公者毎以締交得公不失所重也公薨以是年十有一月辛未卜以至大元年冬十有二月庚申葬潭之寧鄉縣原塘坎山之原夫人寧國吳氏宋

參知政事莊敏公淵女前公薨子男四人長即彌寧疾癈彌宋彌審彌寬審前卒女二人淑儀適萬戶馬繼祖以疾絕昏歸寧淑正尚幼孫男六人嚴以祖廕當補官嵩岦巃旹峕女三人曾男孫一人山童女二人摯嘗謂公門閥人地文武猷爲識度器業以之位臺閣職論思權亮治體潤色太平是特餘事果若都將相謀軍國以究其輔世願忠之藴海內有識者其誰曰不然而遂疾致於家者二十餘年而公薨矣嗚呼悲夫銘曰皇武於南一吳會只維彼臣室喬木蔚

只曷器其材備脩能口奚寘清廟斯齍敦只爰諏疑諆斯著祭只爰搆大厦斯棟載只鳳儀麟趾瑞昭代只侯薖侯軸遠殆悔只沉浮星歲存蘊槩只云胡不弔哲人敝只工垂般輸靡所倍只夔曠弗音襄武邁只媸妍白緇孰辨裁只悼言作之徒永慨只掩石鑽辭燁幽窀只

監察御史蕭君墓誌銘

程鉅夫

大德七年八月十五日南臺監察御史蕭君諱泰登字則平以疾卒年三十八聞者皆愕且悼且疑時鉅

夫客鄂諏之自東來者曰信矣嗟哉頃余在禁林吏
以諸道提舉學士姓名來中有蕭某余已器之洎來
南臺中丞徐公子方道君朝夕不離口從數年余從
閩歸公方典江廣學事學者井井有生氣衆誇語余
旣僉桂憲之明年聞海南有制獄乃元帥賊殺不辜
爲君所劾鞫之如章帥遂抵罪赦以爲御史是年春
南浮江漢以下余留之酒不可余笑曰眞御史也自
始識及是不數見毎見氣益老言論益深豈意自是
遂終不可見耶其子文孫以廬陵劉將孫狀其行事

來請銘曰君之志也按蕭氏世本長沙徙廬陵之太和曾大父平林先生負重名仕爲江西安撫副使官中大夫爵廬陵縣男諱逢辰大父諱安中從事郎德安府觀察支使父諱元永中順大夫瓊州安撫副使母胡氏君早頴拔弱冠試吏承永豐巳出斂手江西行中書省以名聞授將仕郎湖南道儒學副提舉爲部使者賞識即子方也子方一代者碩言輙見聽遂擢承務郎僉海北廣東道提刑按察司事會有獠逼城衆惶惑無措獨奮曰督捕非憲府職耶我請先之

即上馬出將吏驚馳以前獠遂遁因按所部潛與獠
通以人爲貨及他奸利事守令已下抵罪者八十七
人又建議減韶州賦銀之半悉條海北積弊躬詣臺
言之會建肅政廉訪司繼丁胡夫人憂至元三十一
年詔罷征南兵釋交州纍臣以君爲奉訓大夫兵部
郎中介禮部侍郎李衎往諭其國時安南旣已失藩
臣禮得罪聞有詔使疑懼半吏民迎餽糜至踰所以
來意悉慰却之主臣卜日拜伏以聽然後知上德意
感慕歡呼而使者又廉敏開亮不與前等乃大喜過

望歸所盜邊地二百里遣其臣奉表貢獻謝罪遣使者槖中裝甚厚辭不受益之再三終不受益大服既報命授連州知州未拜奔瓊州公喪起爲江西等處儒學提舉政教稱是行省遣慮郡囚袁瑞路各有訟愚民自誣殺人而代死者既具獄矣悉發摘理出入僉嶺南廣西道肅政廉訪司事始至陳便宜二十五出海南師所掠生口六百七十五人牛馬三千六百有奇還之民柳州左道謀叛論死者二百録之釋不知情百三十有七人它所辨雪糾正不可勝數凡黜

貪繆吏二百一十進階奉直大夫拜南臺監察御史首言十事分按江浙行中書省水旱民流議捐倉實以振或曰咨可而發無後憂曰民命急矣毀家償不悔也方大有建白病日侵得告即命舟自載且治衾櫬或言豫凶事曰死常事非凶也書別子詩別親友戒左右無妄受贈襚遂卒於驛舟明日歛於建康明年十有二月庚寅葬于吉州路嘉禾門外夫人楊氏繼彭氏皆名家子二人長曰文孫次曰憲孫幼曰升孫女一人曰來富君精悍謹密不煩不苛不爲事所

詘故發必中機意悟飄灑豈弟周旋與人必誠故鉅人長者咸敬之至其孝於親忠於國不媕阿淟涊天性固然故自號方厓其始爲御史也激烈自奮或謂太剛必折曰患不剛爾折不折天也或告當自愛曰身非吾有也觀君此言豈自爲身後計者而獨志余銘嗟哉銘曰奕奕堂堂厓穹石蒼不可葢藏咨爾山君勿刓其方

翰林學士趙公墓誌銘　　閻復

大德七年正月辛亥翰林學士趙公晦叔卒于官其

年十月中書右丞相入對天子曰趙與票事世祖皇帝迄今凡三十年敦確清謹身死家貧無以歸葬敢奏以請於是天子命有司賻緡五千復給舟車傳賁將行其子孟實等以狀來請銘復徃歲直翰林公爲待制其叙遷也亦相先後知公尤詳義不得辭方至元十四年閒公以驛來朝深衣幅巾見世祖於上京氷澄玉瑩詞氣整朗言宋亡根本所在親切感動世祖傾屬自是入翰林爲待制爲直學士累遷爲眞學士公之爲侍講也言江南箕歛急督移括大姓宋世

丘隴暴露皆大臣擅易書詔明旨又言庚寅歲大霧蔽塞正月甲辰虎來西城其徵爲下臣執權黷政言訖公開門待罪後翰長司徒公俾同列諭意始復入署公毎視職清望近思欲以言議質直理道確近條縷報上故所言常若剴切無隱而世祖沉幾先物神量莫測或爲公懼至平章政事不灰木奏公私負歲積帝曰得非指故臣爲虎者宜官酬其逋別給廩粟布帛以養由是始知君臣脗合明著如是曾祖伯洙宋朝請大夫知南外宗正事祖師雍宋朝議大夫直

寶章閣考希聖宋宣教郎史館校勘高祖宗正子英
南遷時丞台州黄巖因家焉伯祖師淵與朱文公纂
次通鑑綱目凡例微言奥語耳受身履故公所行尤
近嘗與魯齋先生許公論伊洛閫域以力行爲致知
首清簡爲高沉默自秘皆東南極弊文以顯道捨是
無以議許公深然之至觀公待人愛士恩禮周洽不
爲疎數翁訑其持家簡泊無復商確計慮非知道者
不能也天性孝友自宗正四世而下力請于朝而復
其役贖姻黨男女爲多而不能歸者凡十七人始登

宋辛未進士第爲鄂州教授由鄂來京師迄爲翰林學士知制誥同脩國史積官至嘉議大夫年六十有二其所成就不爲甚過而公以榮祿豐遇爲可愧不獲老田里爲可恨噫公之心如是而已矣初娶夫人舒氏不一歲卒歸槀中褒于婦翁不取今夫人史氏三男子孟實以公爲侍講時特官承事郎同知瑞安州事孟賚溫州路教授孟貫將以廕入官孫男女七人以大德九年十一月甲申歸葬于黃巖塔山之原

予嘗讀大雅文王之詩曰商之孫子侯于周服殷士

膚敏祼將于京是知文王之德之盛商士之恪謹溫
遜篤承天心維我世祖明德造邦式混區夏內外大
小共爲帝臣而公陟降左右承賚接錫終始若一至
不幸而死今天子復申命而寵綏之則公死猶無死
也是宜銘銘曰祿不歛羸謀不課利我以其拙彼以
其智衣敝筞駑內潔玉雪誦聲清泠鏗出金鐵蹇蹇
九關王人隕蔥維帝有訓四方于聞之身云亡之德
不爽丘環櫜茂一息以徃緊彼之豐維時之逼尚詔
後人以封以崇

卷終

傳古樓景印